Arena-Taschenbuch

Band 287

Von Wolfgang und Heike Hohlbein sind als Arena-
Taschenbuch erschienen:
Drachenthal – Die Entdeckung (Band 2874)

Wolfgang Hohlbein, geboren in Weimar, und *Heike Hohlbein*, geboren in Neuss, sind die erfolgreichsten und meistgelesenen deutschsprachigen Fantasy-Autoren. Der Durchbruch gelang ihnen 1982 mit dem Überraschungserfolg »Märchenmond«, für den sie mit dem Fantastik-Preis der Stadt Wetzlar ausgezeichnet wurden. Seither sind zahlreiche fantastische Romane, Serien und Drehbücher zu Filmen von ihnen erschienen. Ihre Werke haben bis heute eine Gesamtauflage von über acht Millionen erreicht.

Wolfgang und Heike

HOHLBEIN

Drachenthal

Das Labyrinth

Arena

In neuer Rechtschreibung

1. Auflage als Arena-Taschenbuch 2008
Lizenzausgabe des Verlags Carl Ueberreuter, Wien

Umschlagillustration und Vignetten: Britta Gotha
Umschlagtypografie: knaus. büro für konzeptionelle
und visuelle identitäten, Würzburg
Gesamtherstellung: Westermann Druck Zwickau GmbH
ISSN 0518-4002
ISBN 978-3-401-02875-0

www.arena-verlag.de

Inhaltsverzeichnis

Die graue Plage

Obwohl seit Rebekkas Ankunft im Internat fast genau ein Monat vergangen war, hatte sie bis heute noch keine wirklichen Freunde gefunden. Daran war Fräulein Bienenstich nicht ganz unschuldig, die gestrenge Internatsleiterin und selbst ernannte Anstandsdame, die von allen nur *Biene* genannt wurde (wenn sie weit genug weg war, um es nicht zu hören). Biene achtete nämlich streng darauf, dass sich ihre männlichen und weiblichen Schutzbefohlenen nicht zu nahe kamen. Wäre es nach ihr gegangen, dann hätte sie vermutlich nicht nur die Klassen streng nach Geschlechtern getrennt, sondern auch noch die Treppe zum Mädchentrakt hinauf vermint und vor jeder Tür einen Stacheldrahtzaun gezogen.
Gottlob ging es nicht nur nach Biene; aber es war ohnehin schon schlimm genug. Und was die anderen Mädchen anging . . . auf die meisten konnte sie getrost verzichten, vor allem im Moment.
Rebekka schmiegte sich eng in den Schatten, der die schmale Wandnische ausfüllte, und wartete mit angehaltenem Atem, bis die grölende Meute vorübergezogen war, die vor einer Minute ungefähr so diszipliniert und leise wie eine Herde Wildpferde auf der

Flucht vor einem Steppenbrand die Treppe heruntergepoltert war – ein sicheres Anzeichen dafür, dass Fräulein Bienenstich nicht in der Nähe war, denn sie hätte eine solche Verletzung ihrer ehernen Verhaltensregeln niemals geduldet. Sie blickte noch einmal auf die Armbanduhr und gab sicherheitshalber noch eine Minute zu, ehe sie vorsichtig einen Schritt aus der Nische heraustrat und sich umsah. Auch der Platz hinter der antiquierten Theke, die eher in ein Hotel als ein Internat gepasst hätte, war verwaist.

Gut. Normalerweise schob dort Bienes Geheimwaffe Anton Wache, der ihr ergeben als Hausmeister, Chauffeur, Aushilfskoch, Mechaniker, Empfangschef und Nachtwächter diente. Aber auch der alte Anton hatte seine kleinen Schwächen: Er schlich sich jeden Abend genau zur gleichen Zeit fort, um sich in aller Heimlichkeit ein Bierchen zu genehmigen – von dem Fräulein Bienenstich selbstverständlich nichts wissen durfte.

So auch heute. Rebekka war klar, dass sie nur knapp fünf Minuten Zeit hatte, aber das war mehr, als sie brauchte. Das blaue Klemmbrett mit dem angehängten Filzstift unter dem linken Arm und die Taschenlampe in der rechten Hand durchquerte sie mit raschen Schritten die große Halle und steuerte eine Tür auf der anderen Seite an. Sie war sehr schmal und so niedrig, dass sogar Rebekka sich bücken musste, um durchzugehen, und sie sah massiv genug aus, selbst einem Kanonenschuss standzuhalten. Außerdem war sie – seit einem gewissen dramatischen Zwischenfall vor ungefähr vier Wochen – mit drei riesigen Vorhängeschlössern gesichert, deren Schlüssel Fräulein Bienenstich unter ihrem Kopfkissen aufbewahrte.

Was Rebekka nicht weiter störte. Die Tür sprang mit einem leisen Klicken auf, kaum dass sie sie flüchtig berührt hatte, und schwang dann lautlos nach innen. Das tat sie nur für Rebekka und das war nicht das einzig Sonderbare in diesem sonderbaren Internat.

Rebekka trat durch die Tür, wartete, bis sie sich – ebenso lautlos und wie von Geisterhand bewegt – wieder hinter ihr geschlossen hatte, und schaltete dann ihre Taschenlampe ein. Der bleiche, geisterhafte Strahl tastete über uraltes Mauerwerk, Moder und Spinnweben und die ersten Stufen einer steil nach unten führenden Wendeltreppe, die Rebekka vorsichtig, aber sehr rasch hinabzusteigen begann. In den zurückliegenden vier Wochen war sie diesen Weg so oft gegangen, dass sie jeden Schritt praktisch im Schlaf kannte.

Unten angekommen wandte sie sich nach links und zählte genau hundertfünfzig Schritte, ehe sie eine Abzweigung erreichte und dann nach rechts ging, an der nächsten Kreuzung nach links und dann wieder nach rechts und so weiter. Auf diese Weise brachte sie ein gutes Dutzend Abzweigungen und Kreuzungen hinter sich, ehe sie schließlich in einen größeren Raum gelangte, wo sie anhielt und sich in die Hocke sinken ließ. Sie zog das Klemmbrett unter dem Arm hervor, klappte es auf und betrachtete konzentriert die mit feinen Linien gezeichnete Karte, die im Licht der Taschenlampe zum Vorschein kam. Für niemanden außer ihr hätte das Durcheinander aus Linien, Pfeilen, Zahlen und Buchstaben irgendeinen Sinn ergeben, Rebekka aber konnte darin lesen wie in einer Straßenkarte.

So etwas Ähnliches war es ja auch. Nur dass die Linien keine Straßenkreuzungen, Ampeln, U-Bahn-Stationen und Brücken darstellten, sondern eine präzise Karte des unterirdischen Labyrinths aus Tunneln, Gängen, Sälen und Treppenschächten, das sich unter Schloss Drachenthal erstreckte – und möglicherweise noch weit darüber hinaus. Seit jenem schicksalhaften Tag vor vier Wochen, an dem sie das Labyrinth entdeckt hatte, stieg sie sooft wie möglich hier herunter und gab ihr Bestes, um die Karte zu vervollständigen.

Allerdings kamen ihr in letzter Zeit immer heftigere Zweifel, ob ihr das jemals gelingen würde. Sie hatte bereits mehrere *Kilometer* des Tunnelsystems auf Papier gebannt, aber noch war kein Ende abzusehen.

Ein leises Kratzen drang in ihre Gedanken. Rebekka sah mit einem Ruck auf, hob die Taschenlampe und ließ den bleistiftdünnen Strahl im Halbkreis durch den Raum gleiten. Sie sah nur das, was es hier unten überall gab:

Staub, Spinnweben und Moder. Sie musste sich getäuscht haben. Wer außer ihr sollte auch an diesem wenig einladenden Ort sein? Seit es in den Kellergewölben um ein Haar einen Todesfall gegeben hatte (was hieß *um ein Haar?*, dachte Rebekka schaudernd) und Anton auf Bienes Befehl hin die Tür verrammeln musste, kam außer ihr niemand mehr in das Labyrinth herunter.

Rebekka konzentrierte sich wieder auf ihre Karte. Eine Zeit lang studierte sie sie aufmerksam im blassen Licht der Taschenlampe, dann malte sie mit dem mitgebrachten Filzstift ein Kreuz an eine bestimmte Stelle, stand auf und ging zu einem der etwa ein halbes Dutzend Tunnels, die von dem großen Raum abzweigten. Mit einem sorgsam zurechtgefeilten Nagel, den sie aus der Tasche zog, kratzte sie dasselbe Symbol, das sie gerade auf ihre Karte gemalt hatte, in die Wand neben dem Tunneleingang.

So verfuhr sie nacheinander mit allen Ausgängen, die es hier gab. Sie brauchte eine Stunde dafür. Aber es war unbedingt notwendig, jeden einzelnen Gang sorgsam zu markieren, wenn sie nicht Gefahr laufen wollte, die Orientierung zu verlieren. Allein bei dem Gedanken, sich in diesem unterirdischen Labyrinth zu verirren, lief Rebekka ein eisiger Schauer über den Rücken . . .

Als sie fertig war, sah sie auf die Uhr und runzelte ärgerlich die Stirn. Sie musste sich beeilen, denn seit einer Weile hatte es sich Biene zur schlechten Angewohnheit gemacht, Überraschungsinspektionen in den Zimmern durchzuführen, und zwei Mal schon war Rebekka nur um Haaresbreite der Entdeckung entgangen. Trotzdem würde sie aber wenigstens noch einen Tunnel in ihre Karte aufnehmen.

Ohne zu zögern, trat Rebekka gebückt in den erstbesten Gang und ließ den zitternden Lichtkreis vor sich über den Boden gleiten. Das war lebenswichtig, denn der Fußboden hielt schon mal die eine oder andere böse Überraschung bereit – wie zum Beispiel jäh aufklaffende Spalten, die in so bodenlose Tiefen führten, dass sie ihr wie der Übergang in eine andere Welt vorkamen.

Sie stieß auf keinen weiteren Abgrund mehr, aber der Gang schien kein Ende zu nehmen. Rebekka folgte ihm fünfzig Schritte weit, dann hundert, dann hundertfünfzig und sie begann, bereits ernsthaft darüber nachzudenken, ob sie umkehren und am nächsten Tag an der gleichen Stelle weitermachen sollte, als sich das Kratzen wiederholte.

Hastig hob Rebekka die Lampe.
Etwas kleines Graues tauchte für den Bruchteil einer Sekunde im Zentrum des blassen Lichtscheins auf und huschte davon, bevor sie es wirklich erkennen konnte. Aber sie glaubte, das Tappen winziger harter, krallenbewehrter Pfoten zu hören, und was ihre Augen nicht sahen, das erledigte ihre Fantasie, die plötzlich auf Hochtouren arbeitete. War das eine ... *Ratte* gewesen?
Wieder lief ihr ein eisiger Schauer über den Rücken. Rebekka hatte keine panische Angst vor Ratten, aber sie liebte sie auch nicht gerade und sie konnte sich eine Menge lustigerer Situationen vorstellen, als hier unten einer Ratte zu begegnen, die, genauso erschrocken wie sie selbst, möglicherweise überhaupt nicht erbaut von der Tatsache war, dass ein Mensch in das unterirdische Reich eindrang, das seit Urzeiten nur ihr selbst und ihren Brüdern und Schwestern gehörte.
Sie sah in die Richtung zurück, aus der sie gekommen war, dann aber kämpfte sie ihr Unbehagen nieder und entschloss sich, wenigstens noch ein paar Schritte zu gehen, bevor sie endgültig kehrtmachte. Vielleicht hatte sie sich die Ratte ja auch nur eingebildet. Sie musste noch einmal gut fünfzig Schritte zurücklegen, bis sie das Ende des Stollens erreichte, und als sie dort angekommen war, da wünschte sie sich fast, sie wäre niemals weitergegangen. Der Gang mündete in

eine Treppe, die in einen weit größeren Raum führte, aber Rebekka sah weder, wie groß er war, noch ob es dort weitere Abzweigungen gab. Sie starrte wie hypnotisiert auf die Treppe.

Auf der obersten Stufe saß eine Ratte. Auf der darunter saßen *zwei* Ratten. Auf der wiederum nächsten befanden sich vier und alles, was dann kam, stellte sich für Rebekka nur noch als ein einziges graues Gewimmel dar, ein Gewusel aus Fell, Klauen, nackten, zuckenden Schwänzen und winzigen Knopfaugen, die geblendet in das ungewohnte Licht der Taschenlampe blinzelten.

Sie hatte genug gesehen. Mit einem Schrei fuhr Rebekka herum und jagte den Weg zurück, den sie gekommen war. Sie hielt erst an, als sie den großen Raum mit den vielen Abzweigungen erreichte, und lehnte sich mit klopfendem Herzen und geschlossenen Augen gegen die Wand, um wieder zu Atem zu kommen. Das war knapp gewesen! Zwar glaubte Rebekka trotz allem nicht, dass die Ratten sie angegriffen hätten, aber man konnte schließlich nie wissen ...

Aus dem Gang, aus dem sie gerade gekommen war, drang ein leises Trippeln und Rascheln und Rebekkas Herz machte einen kleinen Sprung. Ihre Hände zitterten so sehr, dass der Lichtstrahl im ersten Moment wie betrunken hin und her sprang, als sie die Taschenlampe hob und in den Tunnel richtete.

Diesmal *versuchte* sie erst gar nicht, einen Schreckensschrei zu unterdrücken.
Nur ein paar Schritte hinter ihr befand sich ein gutes Dutzend Ratten, wenn nicht mehr. Die Tiere hielten mitten in der Bewegung inne, als sie der Lichtschein traf. Wahrscheinlich war er ihren an die ewige Dunkelheit hier unten gewöhnten Augen unangenehm, wenn er ihnen nicht sogar Schmerzen bereitete. Trotzdem, dachte Rebekka entsetzt, die Ratten waren ihr eindeutig *gefolgt.* Ihre Augen blinzelten geblendet in ihre Richtung, die langen nackten Schwänze peitschten erregt hin und her, schreckliche Zähne und scharfe Krallen blitzten im flackernden Licht der Taschenlampe auf.
Flackernd?
Eine eisige Hand schien nach Rebekkas Herz zu greifen und es zusammenzudrücken, als sie sah, dass das Licht der Taschenlampe tatsächlich *flackerte.* Und – nein, es war *keine* Einbildung – es war auch deutlich blasser geworden. Verdammt, sie hatte vergessen, neue Batterien einzulegen!
Eine der Ratten machte einen kecken Satz in ihre Richtung und sprang mit einem erschrockenen Quieken wieder zurück, als Rebekka den Lichtstrahl genau auf sie richtete, aber das Licht flackerte immer stärker und Rebekka begriff, dass ihr wahrscheinlich nur noch wenige Minuten blieben, bis die Lampe

endgültig den Geist aufgeben würde. Sie fuhr herum, rannte los, so schnell sie konnte, und hörte, wie hinter ihr auch die Ratten loshetzten.

Rebekka lief so hastig, dass ihr kaum Zeit blieb, auf die Markierungen zu achten, die sie an Abzweigungen und Wegkreuzungen angebracht hatte. Als sie um die Ecke eines großen Ganges hetzte, der ihr vollkommen unbekannt schien, leuchtete etwas auf, nur ganz kurz, aber so grell, dass sie geblendet die Augen schloss und ein paar Schritte vorwärtstaumelte, bis sie sich endlich fangen konnte. Die Ratten hinter ihr quietschten auf, so als wäre jemand unter die Verfolgerschar gefahren, um sie auseinanderzutreiben.

Sie wirbelte herum, riss die Taschenlampe hoch, doch in ihrem trüben Schein konnte sie jetzt noch nicht einmal die Umrisse des Tunnels richtig erkennen, geschweige denn die Ratten. Stattdessen tanzten bunte, durch die Lichtexplosion ausgelöste Punkte vor ihren gequälten Augen und es würde wahrscheinlich eine ganze Weile dauern, bis sie ihre Umgebung wieder einigermaßen deutlich wahrnehmen könnte.

Aber sie hatte keine Zeit, sie musste so schnell wie möglich wieder raus aus diesem unterirdischen Labyrinth!

Wie als Antwort auf ihre panikerfüllten Gedanken quietschte es vor ihr aus Hunderten winziger Kehlen auf und dann folgte das Trappeln unzähliger kleiner Füße. In Erwartung eines Angriffs riss sie die Arme hoch. Doch das erwies sich als vollkommen überflüssig: Die krallenbewehrten Pfoten, die laut auf dem uralten Steinfußboden klackten, hielten nicht auf sie zu, sie entfernten sich rasch.

Verblüfft ließ sie die Lampe sinken und sie begriff: Was für sie nicht mehr als ein schmerzhafter Lichtblitz gewesen war, kam für die Ratten einer grauenhaften Katastrophe gleich, schließlich hatten sich ihre lichtempfindlichen Augen auf die sonst herrschende fast komplette Dunkelheit eingestellt.

Da hörte sie hinter sich wieder ein Geräusch. Es klang ganz anders als das Trippeln, das Rascheln und das Quieken der Ratten; es klang eher so, als würde sich hinter ihr ein Elefant mit aller Gewalt durch einen viel zu schmalen Gang quetschen wollen.

Diesmal wirbelte sie nicht herum, diesmal drehte sie sich ganz langsam um. Es war tatsächlich keine Ratte. Es war etwas ganz anderes.

Der Drache

Rebekka hatte den kurzen Eindruck von etwas Großem, Massigem, das sich vor ihr durch den Gang schob. Noch immer tobte ein wahres Gewitter von Farbfünkchen auf ihrer Netzhaut, sodass sie nicht viel mehr als einen Schemen erkannte, aber auch so fiel ihr auf, dass hier etwas ganz und gar nicht stimmte. Der Gang war viel breiter als alle anderen, auf die sie bisher hier unten getroffen war, und er wurde von Fackeln an der Wand in ein unwirkliches gelblich rötliches Licht getaucht.

Doch all das war nichts gegen das riesige rot geschuppte Wesen, das da auf mächtigen Säulenbeinen durch den Gang stapfte, als sei es das Selbstverständlichste der Welt.

Rebekka riss entsetzt die Augen auf, als sie das breite, von dunkelroten schuppigen Hornplatten bedeckte Gesicht sah, das sich einen Herzschlag lang in ihre Richtung zu wenden schien, als das Wesen an eine Abzweigung kam. Obwohl sie es anders in Erinnerung hatte, nämlich mit zwei langen, gebogenen Hörnern statt mit jetzt nur noch einem, war sie sicher, es schon einmal gesehen zu haben – und das ausgerechnet in Samanthas Spiegelscherbe, kurz bevor das

Mädchen sie angegriffen und über den Rand des Schachts gestoßen hatte!
Der Farbwirbel auf ihrer Netzhaut wurde schwächer und für einen winzigen Augenblick konnte sie das Antlitz des *Drachen* ganz deutlich erkennen, die großen blutrot leuchtenden Augen, die wie Krummdolche geformten Zähne und die von zackigen Schuppen gesäumten Nüstern und Ohren . . .
Dann wandte der Drache den Kopf und stapfte mit wütenden Schritten weiter in den Gang hinein. Im gleichen Augenblick verschwamm die Umgebung vor Rebekkas Augen und sie musste ein paarmal blinzeln, bevor sie den großen, merkwürdig behauenen Gang vor sich wieder einigermaßen ausmachen konnte.
Rebekka wollte sich umdrehen und endlich aus dem Keller fliehen, als erneut Schritte ertönten, leiser diesmal, die ganz eindeutig aus der entgegengesetzten Richtung kamen, in die der Drache vor wenigen Minuten verschwunden war. Sie merkte nicht einmal, dass die Taschenlampe in ihrer Hand einen schwachen zitternden Lichtstrahl auf den Boden vor ihr warf, sie war einfach unfähig, sich zu bewegen.
Ein alter Mann mit langem weißem Haar und Bart, der ein einfaches schwarzes Gewand und einen spitzen Zauberhut trug, stolperte aus dem Seitengang heraus, ohne auch nur einen Augenblick in ihre Richtung zu blicken.

»Komm zurück, Feuer!«, schrie der *Zauberer* hinter dem Drachen her. »Verdammt noch mal, ich lasse mir deine Unverschämtheiten nicht mehr länger bieten.«

»Lass ihn doch!« Es war ein hässliches kleines Etwas, das diese Worte ausstieß und jetzt hinter dem alten Mann aus dem Gang schoss. Soweit Rebekka erkennen konnte, bestand es nur aus Fell, Augen und Beinen. »In dieser Richtung liegt die Grenze zur anderen Welt, Themistokles. Dorthin wird sich Feuer nicht wagen – nicht, nachdem diese Sache mit Peer Andermatt und dem Mädchen aus der Menschenwelt passiert ist.«

In ihrer Aufregung verstand Rebekka kaum den Sinn dieser Worte – nur dass es um Peer Andermatt ging und um ein Mädchen aus ihrer Welt. Damit musste sie selbst gemeint sein! Am liebsten hätte sie den beiden hinterhergerufen und weitere Erklärungen gefordert, aber da waren sie schon längst in dem Gang verschwunden, den der Drache mit dem merkwürdigen Namen *Feuer* kurz vor ihnen entlanggestampft war.

Dummerweise erloschen die Fackeln, die die unglaubliche Szene in flackerndes Licht getaucht hatten, nun eine nach der anderen; es schien beinahe so, als würde immer genau die Fackel aufhören zu leuchten, in deren Richtung sie gerade blickte ... und dann stand sie von einem Moment auf den anderen

in fast völliger Finsternis da, die nur von dem schwachen Lichtschein ihrer Taschenlampe unterbrochen wurde.
Jetzt, nachdem sie von Ratten gehetzt und beinahe in einen Drachen und einen Zauberer gestolpert war, klopfte ihr nicht nur das Herz bis zum Hals, es stieg auch eine ganz neue Angst in ihr hoch. Was, wenn sie den Weg zurück nicht mehr fand? Was, wenn sie auf der verzweifelten Suche nach einem Rückweg für immer in Märchenmond landete – denn sie war ja wohl eben beinahe in den Keller des Zauberinternats Drachenthal auf der anderen Seite der Welt hineingestolpert, von dem ihr Peer Andermatt erzählt hatte!
Ohne zu zögern, wandte sie sich wieder um und ging los, nicht so schnell, dass sie vollkommen die Orientierung verlor, aber so gehetzt, dass es einer Flucht gleichkam. Wenn sie auf eine ihrer Markierungen stieße, dann hätte sie eine echte Chance, doch noch diesem Albtraum zu entkommen.
Und tatsächlich hatte sie Glück: Nicht nur ihre Taschenlampe hielt noch tapfer durch, sondern sie traf schon nach wenigen Abzweigungen tatsächlich wieder auf eine ihrer Kreuzmarkierungen. Dunkel konnte sie sich daran erinnern, sie erst vor zwei Tagen dort angebracht zu haben.
Doch dafür passierte genau das, was sie die ganze Zeit über insgeheim befürchtet hatte: Die Ratten

tauchten wieder auf. Zuerst hörte sie nichts weiter als das Trippeln unzähliger kleiner Pfoten, in das sich ein gelegentliches Quietschen mischte, aber dann ertönte ein mehrstimmiger triumphierender Laut, der verrückterweise fast wie das Fauchen einer angriffslustigen Katze klang.

Was sie rettete, war vielleicht einzig die Tatsache, dass sie den folgenden Weg in den vergangenen Wochen oft genug zurückgelegt hatte, um ihn praktisch im Schlaf zu kennen. Sie bewegte sich auch eindeutig schneller als die Ratten, doch einmal nahm sie eine falsche Abzweigung. Sie bemerkte ihren Fehler rechtzeitig und machte kehrt, aber dafür stieß sie wieder auf ihre hartnäckigen Verfolger. Ihr Vorsprung vor den kleinen Biestern schmolz dadurch wieder bedrohlich zusammen. Die Ratten waren allerhöchstens noch zehn oder zwölf Schritte hinter ihr, als sie die Wendeltreppe erreichte, die nach oben führte; und anders als Rebekka schienen sie keine Erschöpfung zu kennen.

Rebekka hingegen hatte das Gefühl, auf Knien aus Pudding zu laufen. Es waren genau sechsundachtzig Stufen nach oben – sie war die Treppe oft genug gegangen, um jede einzelne beim Vornamen nennen zu können – und bei jeder neuen Stufe fiel ihr das Vorwärtskommen schwerer als bei der vorherigen.

Auf halbem Weg verließen sie die Kräfte und sie

musste sich für einen Moment gegen die Wand lehnen, um keuchend nach Luft zu schnappen. Unter ihr wuselte ein schaudern machendes Rascheln und Quietschen und Klacken heran, und als Rebekka sich zwang, die Augen zu öffnen und die Taschenlampe in die Tiefe zu richten, stöhnte sie vor Entsetzen auf. Die Ratten (Großer Gott, es mussten mittlerweile *Hunderte* sein!) rasten wie eine graue Flut die Treppe herauf. Der Lichtstrahl bremste sie ein wenig, aber er schien sie nicht mehr wirklich aufzuhalten, und das war auch kein Wunder, denn mittlerweile war aus dem weißen Strahl ein blasses, kaum noch nennenswertes Flackern geworden.

Mit letzter Kraft, jeder Atemzug pures Feuer in ihrer Kehle, quälte sich Rebekka weiter die Stufen hinauf. Die Taschenlampe hielt sie hinter sich und schickte ein Stoßgebet nach dem anderen zum Himmel, dass die Batterien noch lange genug durchhalten würden.

Die ersten Ratten waren nur noch wenige Stufen unter ihr, als sie die Tür erreichte. Verzweifelt riss Rebekka die schwere Eichentür auf und wollte hindurchstürzen, als etwas kleines Pelziges gegen ihre Wade prallte; nur den Bruchteil einer Sekunde darauf spürte sie einen brennenden Stich, mit dem sich rasiermesserscharfe Zähne in ihr Fleisch gruben.

Rebekka wimmerte vor Schmerz – die Zähne der Ratte mochten winzig sein, aber es tat unglaublich *weh!* –, schlug instinktiv zu und schleuderte die Ratte in die Menge ihrer Brüder und Schwestern zurück, die mittlerweile die gesamte Treppe überflutet zu haben schienen. Im buchstäblich allerletzten Moment gelang es ihr, den Arm auszustrecken und die Tür zu schließen. Eine Reihe wütender, dumpfer Schläge traf in rascher Folge die andere Seite der Tür und sie hörte das zornige Scharren von Krallen und Zähnen. Das war nicht mehr knapp, dachte Rebekka schaudernd, das war *zu* knapp.

Mit zusammengebissenen Zähnen tastete sie über die Bisswunde in ihrer Wade. Sie war nicht besonders groß, aber sie blutete heftig und sie tat höllisch weh. Rebekka zog ein Taschentuch hervor und presste es so lange auf die Wunde, bis sie nicht mehr ganz so stark blutete, dann drehte sie sich um.

Um ein Haar hätte sie abermals laut aufgestöhnt.

Anton stand wie der Höllenwächter Zerberus höchstpersönlich hinter seiner Theke und ließ seinen Blick durch die Halle schweifen. Es war purer Zufall, dass er bisher nicht in ihre Richtung gesehen und sie entdeckt hatte.

Um ihr Glück nicht noch weiter auf die Probe zu stellen, humpelte sie hinter einen der mächtigen holzvertäfelten Stützpfeiler, die die Decke trugen, und presste sich mit klopfendem Herzen dagegen. Was sollte sie nur tun? Normalerweise döste Anton mit offenen

Augen vor sich hin, nachdem er sich sein abendliches Bier genehmigt hatte, aber heute wirkte er hellwach. Unmöglich, an ihm vorbeizukommen!

Aus Rebekkas Schrecken wurde für einen Moment nackte Panik, als die Tür aufging und ein hellblondes Mädchen hereinkam. Es war Tanja, eine der wenigen Schülerinnen des Internats, die eindeutig Rebekkas Freundschaft suchten – ohne dass sie diesen Wunsch nach näherem Kontakt bisher erwidert hatte, denn die Aufgabe, die vor ihr lag, war zu gewaltig, um ihr Zeit für harmlose Freundschaften zu lassen. Tanja sah sie direkt an und grinste. Sie war verloren! Gleich würde Tanja irgendetwas zu ihr sagen und dann könnte Anton sie sehen und die Taschenlampe entdecken, das Klemmbrett mit dem Lageplan und vor allem den Rattenbiss und spätestens Fräulein Bienenstich würde sich den Rest zusammenreimen und alles wäre aus, ihr Geheimnis entdeckt und Peer Andermatt für alle Zeiten verloren.

Doch es kam anders. Statt sie zu verraten, blinzelte Tanja ihr verschwörerisch zu, rannte plötzlich los und begann, aus Leibeskräften zu schreien: »Anton! Schnell!«

Hinter seiner Theke fuhr Anton wie von der Tarantel gestochen herum und blinzelte Tanja verständnislos an. »Was . . .?«

»Schnell!«, wiederholte Tanja. »Da . . . da draußen! Da ist was!«

Anton zögerte noch einen Herzschlag lang, aber dann schoss er regelrecht hinter seinem Pult hervor. Tanja wedelte aufgeregt mit beiden Armen und stürmte wieder auf den Hof hinaus und Anton folgte ihr, so schnell ihn seine kurzen Beine trugen.
Rebekka wartete, bis auch er die Halle verlassen hatte, dann löste sie sich aus ihrem Versteck und humpelte durch die Halle und die Treppe hinauf.

Alte Feinde

Rebekka erreichte unbehelligt die dritte Etage, in der der Mädchentrakt lag, aber dort wartete bereits die nächste unangenehme Überraschung auf sie. Der Flur sollte dunkel daliegen und vollkommen still, doch das tat er nicht. Er war hell erleuchtet, die Tür zu ihrem Zimmer stand offen und sie hörte ganz deutlich Fräulein Bienenstichs Stimme.

Schon wieder machte sich ein Gefühl wachsender Verzweiflung in ihr breit. Heute ging aber auch wirklich alles schief! Vermutlich hatte Biene wieder eine ihrer überraschenden Stippvisiten durchgeführt und jetzt war sie in ihrem Zimmer und hatte gesehen, dass einer ihrer Zöglinge nicht da war, wo er sein sollte. Sie konnte sich auf ein gehöriges Donnerwetter gefasst machen, das war klar. Im ersten Moment wagte sie es nicht weiterzugehen, aber sie wusste natürlich, dass sie gar keine andere Wahl hatte. Im Gegenteil: Je länger sie wartete, desto schlimmer würde es werden.

Rebekka verbarg die Taschenlampe unter ihrem T-Shirt, sah noch einmal prüfend an sich hinunter und wischte sich mit ihrem Taschentuch das Blut von der Wade, so gut es ging. Innerlich gegen das drohende Donnerwetter gewappnet, betrat sie hoch erhobenen

Hauptes das Zimmer, den harmlosesten Gesichtsausdruck aufgesetzt, den sie zustande brachte.
Allerdings nur für eine knappe Sekunde, dann entgleiste er und wurde zu einer Grimasse puren Entsetzens, als sie die schlanke feuerrothaarige Gestalt sah, die neben Fräulein Bienenstich stand.
»Saa. . .«, keuchte sie, ». . .mantha!«
Samantha vom Thal, Rebekkas Todfeindin (und das im wahrsten Sinne des Wortes), aber dummerweise auch die Tochter des stinkreichen Industriellen, dem das Internat gehörte, lächelte zuckersüß. »Hallo, Rebekkaschätzchen«, säuselte sie. »Ich freue mich auch, dich wiederzusehen.«
Rebekkas Gedanken begannen Purzelbäume zu schlagen. Samantha? Hier? Aber das war unmöglich! Samantha war des Internats verwiesen worden, nachdem sie Rebekka um ein Haar getötet hätte – besser gesagt, Fräulein Bienenstich hatte sie hochkantig rausgeworfen und es war einzig und allein Rebekkas Fürsprache zu verdanken gewesen, dass sie auf eine Strafanzeige verzichtet hatte; und vielleicht ein bisschen Bienes panischer Angst vor einem Skandal.
»Was . . . was machst *du* denn hier?«, ächzte sie.
»Fräulein vom Thals Vater hat mir glaubwürdig versichert, dass es sich bei dem äh . . . Zwischenfall um einen reinen Unfall gehandelt hat, den Samantha zutiefst bedauert und der sich ganz bestimmt nicht wie-

derholen wird.« Sie schoss einen eindeutig *drohenden* Blick in Samanthas Richtung ab. »Das ist doch so, oder?«

»Ganz bestimmt«, antwortete Samantha. Sie lächelte wieder zuckersüß, aber in ihren Augen stand der blanke Hass geschrieben.

Fräulein Bienenstich wandte sich nun ganz zu Rebekka um. »Könntest du mir freundlicherweise verraten, wo du herkommst, junge Dame?« Ihr Stirnrunzeln vertiefte sich. »Und wie siehst du überhaupt aus? Was ist mit deinem Bein passiert?«

»Ich ... ich war noch einmal unten auf dem Hof«, improvisierte Rebekka. Sie wedelte mit dem Klemmbrett. »Ich muss dort heute Nachmittag meinen Filzstift verloren haben.«

Fräulein Bienenstich streckte wortlos die Hand aus und Rebekka gab ihr widerstrebend die Mappe. Biene klappte sie auf und sah mit fragendem Gesicht auf den mühevoll erstellten Lageplan des Kellerlabyrinths.

»Diesen Filzstift?« Sie löste den Stift aus der Lasche. Es war ein ganz gewöhnlicher Filzschreiber, wie sie zu Hunderten an die Schüler ausgegeben wurden.

»Das ... das ist mein Lieblingsstift«, sagte Rebekka stockend.

»So, so.« Biene nickte und sah noch einmal – und länger – auf den Plan des Labyrinths hinab. »Und was ist das?«

»Ein Spiel«, antwortete Rebekka unbehaglich. »Ein Spiel, das ich entwickle. Es ist noch nicht fertig.«

»Ein Spiel, so«, wiederholte Fräulein Bienenstich. Ihr Tonfall gefiel Rebekka nicht. Überhaupt nicht. Biene sah noch eine Weile konzentriert auf den Plan hinunter, dann schlug sie die Mappe mit einem Knall zu und klemmte sie sich unter den Arm. »Das sehe ich mir später an.«

Rebekka ächzte. »Aber ...«

»Ja?« Bienes Blick wurde bohrend.

»Nichts«, murmelte Rebekka. Sie biss sich auf die Unterlippe, um sich nicht aus Versehen zu verraten. Biene hatte anscheinend bereits Verdacht geschöpft. Nicht auszudenken, wenn sie sie auch noch mit der Nase darauf stieß und Biene am Ende tatsächlich herausfand, was dieser Plan darstellte.

»Und was ist mit deinem Bein?«, fragte Biene.

Rebekka hob die Schultern. »Weiß nicht«, antwortete sie knapp. »Ich muss mich wohl an einem Nagel gerissen haben.«

Biene bedachte Rebekkas verletzte Wade mit einem raschen kundigen Blick. »Das sieht nicht gut aus. Komm nachher zu mir runter. Die Wunde muss desinfiziert werden. An einem rostigen Nagel kann man sich wer weiß was holen.« Sie nickte, um jeden Widerspruch im Keim zu ersticken, und wechselte das Thema, indem sie sich zu Samantha umdrehte. »Du weißt ja, wo alles hingehört«, sagte sie mit einer entsprechenden Geste auf Samanthas Koffer – vier oder fünf, die zu einem regelrechten Berg neben der Tür aufgestapelt waren.

Samantha reckte trotzig das Kinn vor. Ihre Augen blitzten, als sie Rebekka ansah. »Ich will nicht mit der in ein Zimmer!«

Man sah Biene an, dass sie kurz vor der Explosion stand. Aber sie beherrschte sich und beließ es bei einem langen ärgerlichen Blick und einem fast resignierenden Seufzer. »Also gut. Es hat wohl keinen Zweck und wir wollen ja nicht von vornherein für Unfrieden sorgen. Heute Nacht musst du hier schlafen, ob es dir passt oder nicht, aber morgen werde ich sicher ein anderes Zimmer für dich finden.«

Samantha erbleichte. »Für mich?!«, krächzte sie.

»Du wolltest doch ein anderes Zimmer, oder?«

»Aber . . . aber . . .«, stammelte Samantha. »Das hier war immer mein Zimmer! Das geht doch nicht!«

»Du kannst gern bleiben und dir das Zimmer mit Rebekka teilen«, versetzte Fräulein Bienenstich trocken.

»Das werden wir noch sehen«, zischte Samantha. »Dieses Zimmer gehört mir! Ich werde meinen Vater . . .«

»Dein Vater, junge Dame«, unterbrach sie Fräulein Bienenstich betont, »hat mir ausdrücklich Anweisung gegeben, in Zukunft keinerlei Extrawürste für

dich zu braten. Ich hatte ein langes Gespräch mit ihm und wir sind übereingekommen, dir keine Sonderbehandlung mehr angedeihen zu lassen.«

»Das werden wir sehen«, zischte Samantha und Biene fügte ungerührt hinzu: »Dazu gehört auch, dass man dir gewisse Unverschämtheiten gegenüber dem Lehrpersonal nicht mehr durchgehen lassen wird.«

In Samanthas Augen blitzte es kampflustig auf und Rebekka spürte, dass sie zu einer wütenden Antwort ansetzte und gar nicht daran dachte, so einfach aufzugeben.

»Ich kann doch umziehen«, sagte sie rasch. Sowohl Samantha als auch Biene sahen sie überrascht an und sogar Rebekka wunderte sich ein bisschen über sich selbst. Nach Samanthas Rausschmiss vor vier Wochen hatte sie das Zimmer für sich allein gehabt, was sehr angenehm gewesen war – aber sie kannte Samantha auch gut genug, um zu wissen, dass sie niemals aufgeben, sondern einen monatelangen Kleinkrieg um *ihr* Zimmer führen würde, ganz egal, was Fräulein Bienenstich oder ihr Vater sagten. »Das macht mir wirklich nichts aus. Im Gegenteil – immer allein ist auf die Dauer doch ziemlich langweilig.«

Bienes Gedanken schienen ähnliche Wege beschritten zu haben, denn sie war zwar sichtlich noch einen Moment hin- und hergerissen zwischen dem Bedürfnis, nicht vor Samantha klein beizugeben, und dem

Wissen, im anderen Fall einen Krieg vom Zaun zu brechen, nickte aber schließlich – auch wenn sie nicht gerade glücklich dabei aussah. »Also gut. Tanjas Zimmergenossin ist vorgestern ausgezogen. Du kannst zu ihr ziehen, gleich morgen früh.«

Rebekka nickte und Samantha grinste triumphierend – dann weiteten sich ihre Augen jedoch ungläubig, denn sie hatte den Anhänger entdeckt, der um Rebekkas Hals hing. Als sie sich das letzte Mal gesehen hatten, war er noch nicht dort gewesen. Es handelte sich um einen nur wenige Zentimeter langen Splitter aus schwarzem Glas, doch was jedem anderen – außer Samantha – vielleicht wie ein etwas sonderbares Schmuckstück vorgekommen wäre, das war in Wahrheit die Scherbe eines magischen Spiegels, der das Tor in eine andere Welt öffnete.

Für Rebekka bedeutete sie aber noch viel mehr. Ohne dieses Stück schwarzen Glases wäre sie nicht mehr am Leben. Peer Andermatt hatte es benutzt, um ihre Seele aus der Welt jenseits der Schatten zurückzuholen, und Rebekka hatte bei ihrem ersten Ausflug in die Stadt einen Großteil des Taschengeldes, das ihre Eltern ihr für ein Jahr mitgegeben hatten, dazu aufgewandt, ihn von einem Juwelier in Gold fassen zu lassen.

»Von mir aus kann ich auch gleich umziehen«, sagte sie hastig. Sie musste sich zusammenreißen, um nicht den Anhänger mit der Hand zu verbergen. Es hätte sowieso keinen Zweck mehr gehabt. Samantha hatte die Spiegelscherbe entdeckt und ihr Blick sprach Bände. Sie musste raus hier, und zwar schnell. »Das macht mir wirklich nichts aus. Ich packe nur noch meine Sachen und ...«

»... das kann Anton erledigen, während ich mich um dein Bein kümmere«, unterbrach sie Fräulein Bienenstich. »Und wir müssen erst nachsehen, ob Tanja nicht schon schläft.«

»Sie ist noch wach«, antwortete Rebekka rasch. Der Ausdruck in Samanthas Augen war jetzt regelrecht gierig und sie sah aus, als stünde sie kurz davor, sich einfach auf Rebekka zu stürzen und ihr den Anhänger mit Gewalt zu entreißen.

Biene schwieg einen Moment. Ihr Blick irrte zwischen Rebekkas und Samanthas Gesichtern hin und her, fast als ahnte sie, dass zwischen den beiden Mädchen etwas vorging, von dem sie trotz allem nichts wusste. Dann aber hob sie die Schultern und wandte sich zur Tür. »Also gut. Dann komm mit.«

Wortlos gingen sie in Bienes Büro hinunter, das sich im ersten Stock des weitläufigen Internatsgebäudes befand, und die Lehrerin hüllte sich auch dann noch in beharrliches Schweigen, als sie Rebekka mit einer Kopfbewegung auf einen Stuhl befahl und den Verbandskasten holte. Als Biene ihr Bein gründlich desinfiziert und verbunden hatte und sie aufstehen wollte, schüttelte die Internatsleiterin jedoch den Kopf.

»Das war kein rostiger Nagel«, stellte sie fest. »Das ist ein Rattenbiss.«

»So?«, murmelte Rebekka kleinlaut.

»Ich erkenne einen Rattenbiss, wenn ich ihn sehe«, bekräftigte Fräulein Bienenstich grimmig. »Vor etlichen Jahren hatten wir hier eine regelrechte Rattenplage, musst du wissen. Es hat uns eine Menge Mühe gekostet, ihrer Herr zu werden, aber heute gibt es sie nur noch in den Kellergewölben. Das ist auch der Grund, warum die Tür sorgsam verschlossen und es den Schülern verboten ist, den Keller zu betreten. Doch das scheinst du nicht zu wissen.«

»Wie . . . wie kommen Sie denn darauf?«, fragte Rebekka unsicher.

»Weil das hier . . .«, Fräulein Bienenstich nahm die Mappe zur Hand, die sie Rebekka weggenommen hatte, und klappte sie auf, sodass man das eng bekritzelte Blatt darin sehen konnte, ». . . ein Grundriss des Kellers ist. Zwar noch lange nicht vollständig, aber ziemlich genau. Ein gutes Stück Arbeit.«

»Oh«, murmelte Rebekka. »Äh . . . danke.« Leugnen hatte jetzt wohl keinen Zweck mehr.

»Rebekka, Rebekka«, seufzte Biene, während sie die Mappe sorgsam auf den Tisch hinter sich legte. Rebekka wusste, dass sie ihre Mappe nie wiedersehen würde. »Was soll ich nur mit dir anfangen? Weißt du denn nicht, in welche Gefahr du dich begibst?«

»Ich verstehe nicht, wovon . . .«, begann Rebekka.

Biene unterbrach sie mit einer abrupten Handbewegung. In ihren Augen blitzte es ärgerlich auf, aber nur ganz kurz, dann erschien ein so mütterlich-verständnisvoller Ausdruck auf ihrem Gesicht, wie ihn wahrscheinlich noch kein anderer der gut hundert Internatsschüler je gesehen hatte.

»Ich vermute schon seit einer Weile, dass du heimlich dort hinuntergehst«, fuhr Fräulein Bienenstich fort. »Ich habe keine Ahnung, wie du an die Schlüssel gekommen bist, und ehrlich gesagt will ich es auch gar nicht wissen. Aber damit ist ab sofort Schluss, hast du das verstanden?«

»Hm«, machte Rebekka. Sie war noch immer vollkommen schockiert. Biene hatte es *gewusst?!*

»Nicht ›hm‹«, versetzte Fräulein Bienenstich streng. »Ja! Diese Kellergewölbe sind gefährlich, junge Dame! Es gibt dort unten weitaus unangenehmere Dinge als nur den beißwütigen . . .«, sie lächelte flüchtig, ». . . *Nagel,* glaub mir. Davon abgesehen ist das Labyrinth an sich äußerst gefährlich.«

»Wieso?«, fragte Rebekka, obwohl sie ja nur zu genau wusste, dass dort nicht alles mit rechten Dingen zuging.

»Es ist gewaltig«, antwortete Fräulein Bienenstich. »Niemand weiß, wie groß es wirklich ist oder wer es erbaut hat. Wenn du dich in dem Kellerkomplex verirrst, kannst du verhungern, bevor dich jemand findet.« Sie hob ganz leicht die Stimme, um einem möglichen Einwurf Rebekkas zuvorzukommen. »Und jetzt erzähl mir nichts von deiner Karte! Sie zeigt nur einen Bruchteil des ganzen Tunnelsystems. Ein einziges Mal falsch abgebogen und . . .« Sie sprach nicht weiter, sondern schnippte mit den Fingern, aber Rebekka verstand auch so, was sie meinte. Genau das wäre ihr ja vor noch nicht einmal einer halben Stunde beinahe passiert, wenn auch auf eine ganz andere Weise, als sich das Biene wohl je hätte vorstellen können.

»Gibt es denn eine Karte des ganzen Labyrinths?«, fragte Rebekka.

Bienes Blick verdüsterte sich. Statt Rebekkas Frage – die sie längst selbst bedauerte – zu beantworten, sagte sie: »Gleich morgen früh werde ich Anton beauftragen, neue Schlösser an der Kellertür anzubringen, und du kannst sicher sein, dass sie diesmal *nicht* zu knacken sind.« Sie schien auf eine ganz bestimmte Reaktion Rebekkas zu warten. Als sie nicht kam, seufzte sie tief und schüttelte den Kopf. Ihr Blick glitt nachdenklich über Rebekkas Gesicht und blieb schließlich an ihrem Anhänger haften.

»Ich habe gesehen, wie Samantha deinen Anhänger angesehen hat«, sagte sie. »Irre ich mich oder hattest du ihn noch nicht, als du zu uns gekommen bist?« Sie beugte sich vor, um die goldgefasste Spiegelscherbe genauer in Augenschein zu nehmen. »Schwarzes Glas«, murmelte sie. »Hat es eine Bedeutung?«

Ganz automatisch wollte Rebekka die Hand heben, um die Spiegelscherbe vor Biene zu verbergen, führte die Bewegung aber dann nicht zu Ende. »Ein altes Familienerbstück«, sagte sie.

Bienes Gesichtsausdruck machte klar, was sie von dieser Behauptung hielt. Für einen Moment ruhte ihr Blick noch auf der winzigen Narbe an Rebekkas Hals, wo Samantha damals versucht hatte, ihr mit einer ähnlichen, nur viel größeren Scherbe die Kehle durchzuschneiden, dann fuhr sie fort: »Das ist seltsam. Ich habe eine ganz ähnliche Scherbe in Samanthas Schrank gefunden. Sie sieht fast aus wie der Splitter eines Spiegels.«

»Sie haben sie?!«, entfuhr es Rebekka, die sich am liebsten sofort auf die Zunge gebissen hätte, aber Biene schien über ihre Bemerkung nicht besonders erstaunt zu sein.

»Sie liegt sicher verschlossen in meinem Schrank und den Schlüssel trage ich immer bei mir«, antwortete sie. »Weißt du, Rebekka, ich bin schon seit fast vierzig Jahren hier. Ich kenne alle Geschichten und Legenden, die sich um Schloss Drachenthal ranken. Auch die von Peer Andermatt.«

Rebekka schwieg und presste die Kiefer aufeinander. Sie hatte sich vorgenommen, nichts mehr zu sagen, rein gar nichts.

»Die Legende von dem Jungen, der in den Schatten gefangen ist, seit jemand den Schwarzen Spiegel zerbrochen hat, der in das Labyrinth zwischen den Welten führt, ist so alt wie dieses Schloss«, fuhr Fräulein Bienenstich fort. »Aber glaube mir, Rebekka – es ist nichts als eine Legende.« Ihr ausgestreckter Zeigefinger deutete auf die goldgefasste Spiegelscherbe an Rebekkas Hals. »Das da ist der Splitter eines schwarzen Spiegels, genau wie das Stück, das ich Samantha abgenommen habe. Sie hat übrigens wie eine Wilde darum gekämpft und ich möchte wetten, dass du das auch tun würdest, sollte ich versuchen, ihn dir wegzunehmen.« Sie schüttelte den Kopf, als Rebekka erschrocken die Hand auf den Anhänger legte. »Keine Sorge, ich werde dir den Anhänger nicht wegnehmen – obwohl ich es vermutlich sollte. Aber ich bitte dich, mir eines zu glauben: Wo immer du diese Scherbe gefunden hast und was auch immer du darüber zu wissen meinst: Es ist nichts als *ein Stück zerbrochenes Glas.«*

Was Biene wohl sagen würde, wenn sie wüsste, wo sie diesen Splitter wirklich herhatte?, dachte Rebek-

ka. Das, was Biene als ein Stück zerbrochenes Glas bezeichnete, hatte sie von den Toten zurückgeholt!
»Willst du mir nicht erzählen, was damals im Keller *wirklich* zwischen Samantha und dir vorgefallen ist?«, fragte Fräulein Bienenstich.
Rebekka schloss die Hand noch fester um den Anhänger. »Das wissen Sie ja.«
»Unsinn!« Biene schnaubte. »Du denkst doch nicht wirklich, dass ich dir diese Geschichte auch nur eine Sekunde lang geglaubt habe! Nach einem heftigen Streit mit Samantha ganz zufällig und aus eigener Ungeschicklichkeit in einen alten Brunnenschacht zu stürzen – das ist purer Blödsinn!«
»So war es aber«, behauptete Rebekka stur.
»Du willst Samantha schützen«, sagte Fräulein Bienenstich. »Das ist nobel, auch wenn ich es nicht ganz verstehe. Doch Tom, Regina und Ulrike erzählen eine ganz andere Geschichte.«
»Dann müssen sie sich eben täuschen«, erklärte Rebekka – obwohl es nicht stimmte. Samantha hatte sie mit voller Absicht in den Schacht gestoßen und ohne Peer Andermatt und das *Stück Glas* an ihrem Hals wäre sie jetzt tot. Sie selbst hätte die Geschichte niemandem erzählt – nicht um Samantha zu schützen, wie Biene glaubte, sondern weil sie nur der Auftakt zu einem anderen, viel größeren Geheimnis war –, aber es hatte nicht einmal einen Tag gedauert, bis

Tom das Gewissen geplagt und er Fräulein Bienenstich alles gebeichtet hatte. Rebekka dachte traurig an diesen Abend zurück. Samantha war in hohem Bogen von der Schule geflogen – das war die gute Nachricht gewesen –, aber auch Tom ging ihr seither aus dem Weg. Es tat ihr leid, denn obgleich sie es selbst nicht wirklich verstand, mochte sie Tom noch immer, selbst wenn er sie auf so schmähliche Weise verraten hatte.

»Gut, du willst Samantha also beschützen«, sagte Biene enttäuscht. »Das ist deine Entscheidung – aber erwarte keine Dankbarkeit von ihr.« Sie stand auf und deutete zur Tür. »Und jetzt begleite ich dich noch auf dein neues Zimmer.«

Albträume, Computer und elektronische Schlösser

In dieser Nacht bekam Rebekka Fieber, und als sie am nächsten Morgen erwachte, war es bereits taghell im Zimmer und sie fühlte sich so matt, als hätte sie einen Hundert-Kilometer-Lauf hinter sich. In ihrem Mund war ein Geschmack wie von alten Socken und sie erinnerte sich an einen chaotischen und durch und durch grauenhaften Albtraum, der irgendetwas mit Ratten, einem riesigen roten Etwas mit fürchterlichen Zähnen und dem schrecklichen Gefühl eines endlosen Falls zu tun hatte.

Zu allem Überfluss war das Erste, was sie sah, als sie die Augen aufschlug, die rote Leuchtanzeige ihres Radioweckers, die behauptete, es wäre zwanzig nach zehn. Sie hatte verschlafen!

Rebekka setzte sich mit einem so plötzlichen Ruck auf, dass ihr schwindelig wurde und sie um ein Haar vornüber von der Bettkante gefallen wäre, und hinter ihr sagte eine erschrockene Stimme: »He, he, nicht so hastig. Bleib liegen, es ist alles in Ordnung!«

Rebekka drehte vorsichtig den Kopf. Neben ihrem Bett stand ein schlankes blondes Mädchen, das sie mit einer Mischung aus Schadenfreude und Besorgnis betrachtete, und im ersten Augenblick konnte Rebekka sich weder an ihren Namen erinnern noch daran, wie sie in dieses Zimmer gekommen war. Dann nahmen ihre schlaftrunkenen Gehirnwindungen ganz allmählich ihre Arbeit wieder auf.

»Tanja?«, murmelte sie verständnislos. »Was tust du denn hier?«

»Das ist eine gute Frage«, sagte Tanja spöttisch. »Vor allem wenn man bedenkt, dass das hier mein Zimmer ist – oder wenigstens bis gestern Nacht war. Jetzt ist es *unser* Zimmer.« Das spöttische Funkeln in ihren Augen erlosch und machte echter Sorge Platz. »Wie geht es dir?«

»Grässlich«, gestand Rebekka und Tanja grinste breit.

»Also genauso, wie du aussiehst«, stellte sie fest. »Dich scheint es ja wirklich ganz schön erwischt zu haben, wenn du dich nicht einmal an deinen dramatischen Auftritt hier erinnerst.«

Rebekka kramte einen Moment angestrengt in ihrem Gedächtnis. Sie wusste noch, dass Fräulein Bienenstich sie hierher gebracht hatte und Anton ein paar Minuten später mit ihren Sachen aufgekreuzt war, aber danach?

»Was ist passiert?«, murmelte sie.

»Du bist umgekippt wie eine gefällte Tanne und auf der Stelle eingeschlafen«, antwortete Tanja. »Dann hast du

Fieber gekriegt, mit allem, was dazugehört, Schüttelfrost und so, und außerdem hast du fantasiert.«

Rebekka erschrak. »Du meinst, ich habe im Schlaf gesprochen?«

»Gesprochen?« Tanja grinste und stellte dabei eine blitzende Zahnspange zur Schau. »Du hast gequasselt wie ein Wasserfall! Aber keine Sorge – ich werde niemandem verraten, was ich gehört habe.«

»Was . . . habe ich denn gesagt?«, fragte Rebekka unbehaglich.

Tanja grinste noch breiter, beantwortete ihre Frage jedoch nicht. »Es ist so schlimm geworden, dass ich Fräulein Bienenstich holen musste. Sie meinte, die Wunde an deinem Bein habe sich entzündet. Sie wollte sogar den Notarzt rufen, aber dann wurde es besser. Sie hat dein Bein frisch verbunden und dir eine Spritze gegeben und seitdem hast du geschlafen wie ein Stein.«

Rebekka schlug die Bettdecke zurück und betrachtete ihr rechtes Bein. Tatsächlich trug sie einen neuen, viel breiteren Verband als gestern Abend und ihr rechter Arm juckte. Als sie näher hinsah, bemerkte sie einen winzigen roten Einstich in der Armbeuge.

Tanja deutete auf Rebekkas Bein. »Wie ist das passiert?«

»Ein Kratzer«, meinte Rebekka abweisend.

Tanja quittierte die Abfuhr mit einem Achselzucken.

»Jedenfalls hat Biene gesagt, ich soll dich ausschlafen lassen. Und mir hat sie auch gleich freigegeben, damit ich auf dich aufpasse und sie hole, wenn es dir schlechter geht.« Sie legte fragend den Kopf auf die Seite. »Du musst ja einen mächtigen Stein bei ihr im Brett haben. So besorgt habe ich sie noch nie erlebt.«
Rebekka beschloss, die damit verbundene Frage zu ignorieren, setzte sich stattdessen ganz auf und sah sich aufmerksam in ihrem neuen Zimmer um. Offensichtlich hatte Anton alle ihre Sachen mitgebracht und ordentlich in den Schränken und Schubladen verstaut, aber Tanjas Zimmerhälfte war ein einziges Chaos. Wohin sie auch blickte, lagen Kleider, Bücher und andere Dinge in heillosem Durcheinander herum, das auch vor dem Fußboden nicht haltmachte, und ihr Schreibtisch sah aus, als hätte dort eine mittelgroße Schlacht stattgefunden. Selbst der superflache Computerbildschirm ragte nur zur Hälfte heraus.
»Ist das dein . . . äh . . . Reich?«, fragte sie zögernd.
Tanja rümpfte mit einem Ausdruck perfekt gespielten Beleidigtseins die Nase. »Na und? Das Genie braucht das Chaos.«
»Genie? Na, dann sollte ich dich besser nur noch Einstein nennen, wie?«
Beide lachten, dann wurde Tanja wieder ernst und fuhr fort: »Ach übrigens, du hattest vor einer Stunde Besuch.«

»Besuch?«, wiederholte Rebekka. War Tom etwa ...? »Wer?«

»Fräulein von und zu Ich-bin-hier-der-Boss«, antwortete Tanja. »Samantha.«

»Samantha? Was wollte sie?«

»Keine Ahnung.« Tanja zuckte betont gleichgültig die Achseln. »Ich hab sie rausgeschmissen. Kann die blöde Tussi nicht leiden.«

Allein diese Bemerkung brachte ihr bei Rebekka einen dicken Pluspunkt ein, aber sie war zugleich noch immer viel zu matt, um sich zu mehr als einem flüchtigen Lächeln aufzuraffen. Sie blieb noch eine Zeit lang mit hängenden Schultern auf der Bettkante sitzen, ehe sie vorsichtig aufstand. Ihre Wade tat kaum noch weh und der schlechte Geschmack auf ihrer Zunge war alles, was von dem Fieber zurückgeblieben war – abgesehen von der Erinnerung an den schrecklichen Traum und der Tatsache, dass sie sich klebrig und verschwitzt fühlte und das Gefühl hatte, wie ein Iltis zu stinken.

Zumindest gegen eines dieser Übel konnte sie etwas unternehmen. Sie schlurfte ins Bad, drehte die Dusche auf und blieb so lange unter dem eiskalten Strahl stehen, bis ihre Lippen und Fingerspitzen blau angelaufen waren und sie vor Kälte mit den Zähnen klapperte. Bibbernd, aber herrlich erfrischt und mit halbwegs klarem Kopf kehrte sie ins Zimmer zurück und zog sich an.

»Ich habe mich noch gar nicht bei dir bedankt«, sagte sie zu Tanja. »Wenn du mich gestern Abend nicht gerettet hättest, hätte Anton mich erwischt.«
»Kein Problem«, antwortete Tanja großspurig. »Wir Mädels müssen zusammenhalten, oder?«
»Stimmt. Aber leider denken nicht alle so.«
Tanja machte ein gewichtiges Gesicht. »Du meinst Samantha.« Als Rebekka nicht antwortete, fuhr sie ganz unverblümt fort: »Was ist das zwischen dir und Sam? Man hört ja die wildesten Gerüchte!«
Rebekka setzte zu einer scharfen Antwort an – sie wollte jetzt weiß Gott nicht über Samantha sprechen –, aber dann seufzte sie nur ergeben und setzte sich. Sie würde das ganze Schuljahr zusammen mit Tanja verbringen müssen und das blonde Mädchen hätte sowieso keine Ruhe gegeben. »Kannst du ein Geheimnis für dich behalten?«, fragte sie deshalb.
»Klar!« Tanjas Augen leuchteten.
»Du kennst doch die Legende von Peer Andermatt?«, begann Rebekka.
»Dem Schlossgespenst?«
»Es ist keine Legende«, sagte Rebekka. »Sie ist wahr. Peer Andermatt war ein Junge aus Märchenmond, einer Welt, in der es Zauberer und Drachen und sprechende Tiere und Tausende anderer seltsamer Dinge gibt. Peer Andermatt fand eines Tages den Weg in unsere Welt, aber er beging dabei einen schrecklichen

Fehler. Der Schwarze Spiegel, der die beiden Welten verbindet, zerbrach und Peer Andermatt blieb in einem finsteren Zwischenreich zwischen den Dimensionen gefangen. Nur wenn es gelingt, den Schwarzen Spiegel wieder zusammenzusetzen, wird Peer Andermatt befreit und kann in seine Welt zurückkehren.«

Tanja starrte sie mit offenem Mund an.

»Samantha hat dieses Geheimnis herausgefunden«, fuhr Rebekka fort, »und sich vorgenommen, den Schwarzen Spiegel zusammenzufügen. Und sie hat Angst, dass ich ihr in die Quere komme – deshalb hat sie mich in den alten Brunnenschacht gestoßen. Ich bin gestorben, als ich unten aufgeprallt bin, aber Peer Andermatt hat den einzigen Splitter des Schwarzen Spiegels geopfert, den er noch besaß, um mich ins Leben zurückzurufen.« Sie hob den Anhänger und ließ ihn hin- und herpendeln. »Das ist er, siehst du?«

Tatsächlich beugte sich Tanja vor, um den Anhänger genauer in Augenschein zu nehmen, aber dann richtete sie sich mit einem Ruck wieder auf und ihr Gesicht verdüsterte sich.

»Du willst mich verarschen.« Tanja beugte sich ein Stück vor. »Was hast du dort unten im Keller wirklich gesucht?«

»Im Keller?«

»Ich bin nicht doof!«, sagte Tanja scharf. »Ich beobachte dich schon seit zwei Wochen. Du gehst fast jede Nacht dort hinunter, manchmal für Stunden!«

Rebekka sah sie betroffen an. Kannte denn *jeder* in diesem Internat ihr Geheimnis?

»Mir ist nur nicht klar, wie du die Tür aufgekriegt hast«, fuhr Tanja fort. »Anton hat sie verrammelt, als wären da unten die englischen Kronjuwelen versteckt.«

»Ich habe mir den Schlüssel besorgt«, behauptete Rebekka, aber Tanja schüttelte sofort und heftig den Kopf. »Hast du nicht. Ich hab versucht, dir nachzugehen, doch die Tür war einfach zu, ohne dass ich das Geräusch eines Schlüssels oder Ähnliches gehört hätte.«

»Ich habe eben auch meine kleinen Tricks auf Lager«, sagte Rebekka abweisend. Mittlerweile tat es ihr schon fast wieder leid, so redselig gewesen zu sein. Tanja war ja ganz nett, aber auch *neugierig*.

»Ganz wie du meinst«, sagte Tanja schnippisch. »Ich erfahre es ja sowieso, wenn wir das nächste Mal nach unten gehen.«

»*Wir?*« Rebekka riss die Augen auf.

»Natürlich wir«, bestätigte Tanja. »Wir sind jetzt ein Team.«

»Bestimmt nicht!«, antwortete Rebekka heftig. Sie sah, wie sich Tanjas Blick umwölkte, rief sich in Gedanken zur Ordnung und fuhr mit einem bedauernden Kopfschütteln fort: »Ich kann nicht noch einmal dort hinunter, Tanja. Biene hat mir meine Karte weggenommen. Wir würden uns hoffnungslos verirren.«

»Deine Karte? Du meinst die Mappe, die du ständig mit dir rumgeschleppt hast?«

»Dir entgeht auch nichts, wie?«, seufzte Rebekka.

»Nö«, entgegnete Tanja fröhlich. »So hysterisch, wie du auf das Ding aufgepasst hast, *musste* es ja was ziemlich Wertvolles sein. Aber weißt du – vielleicht warst du doch nicht vorsichtig genug.« Sie grinste eindeutig triumphierend, hüpfte mit kleinen, komischen Schritten zum Schreibtisch und schaltete ihren Computer ein. Der Bildschirm erwachte flackernd zum Leben und Tanja kramte irgendwo aus dem Chaos auf ihrem Schreibtisch eine drahtlose Tastatur hervor und begann, so schnell darauf herumzuhämmern, dass ihre Finger zu verschwimmen schienen. Neugierig trat Rebekka hinter sie. Dann ächzte sie ungläubig, als sie sah, was auf dem Monitor erschien. Es war eine genaue Kopie ihrer Karte! »Aber das ... das ist doch nicht möglich!«

»Dem Genie ist nichts unmöglich«, feixte Tanja. »Sie ist nicht auf dem neuesten Stand, fürchte ich. Die letzten beiden Tage fehlen.«

»Aber ... aber wie bist du da drangekommen?«

»Du warst eben doch nicht vorsichtig genug«, antwortete Tanja fröhlich. »Vor drei Tagen hast du deine

Mappe im Umkleideraum der Turnhalle liegen lassen.«

»Und da hast du . . .?«

»Ich dachte mir, es könnte nicht schaden, sie einzuscannen«, bestätigte Tanja. »Ich hab mich schon gefragt, was das ist. Sieht spannend aus.«

Rebekka blickte weiter verwirrt auf den Bildschirm. Sie wusste nicht, ob sie wütend sein oder sich freuen sollte. »Kannst du mir das ausdrucken?«

»Wenn du mich mitnimmst.«

Rebekka seufzte tief. »Das geht nicht, Tanja. Im Kellerlabyrinth ist es gefährlich, auch *mit* einer Karte. Es gibt . . . unheimliche Dinge dort.«

Tanja sagte nichts, doch ihr Blick verharrte eine ganze Weile auf Rebekkas verbundenem Bein. Dann hob sie mit einem leicht bedauernden Seufzer die Schultern, schaltete den Computer aus und wandte sich zur Tür. »Ganz wie du meinst.«

»Aber . . .«, keuchte Rebekka. Sie streckte die Hand nach der Tastatur aus und zog sie dann wieder zurück. Sie verstand *nichts* von Computern. Sie wusste ja nicht einmal, wie man das verdammte Ding *einschaltete!*

»Ach übrigens, an meinen Rechner kommt man nur mit einem Passwort ran«, flötete Tanja, während sie bereits auf den Flur hinaustrat und die Tür hinter sich zuzog.

Hin- und hergerissen zwischen Enttäuschung und Wut starrte Rebekka die geschlossene Tür an. Das durfte doch nicht wahr sein! War denn jetzt jeder hier verrückt geworden? Tanja konnte doch nicht ...

Sie musste unbedingt hinterher und das Mädchen zur Vernunft bringen. Rasch verließ sie den Raum, sah sich hastig in beide Richtungen um, ohne ihre Zimmergenossin zu erblicken, und ging dann zur Treppe. In Anbetracht der Uhrzeit hatte sie erwartet, die Halle leer vorzufinden, aber das Gegenteil war der Fall.

Anton, Fräulein Bienenstich – und sogar Tanja! – hatten sich vor der Kellertür versammelt, die zu Rebekkas maßlosem Entsetzen weit offen stand. Zwei Männer in blauen Monteursanzügen, auf deren Rücken ein auffälliges Firmenschild mit einem Blitz zu sehen war, machten sich daran zu schaffen, und gerade als Rebekka zögernd näher trat, zog einer von ihnen die Tür zu und Rebekka vernahm ein leises elektronisches Fiepen. Fräulein Bienenstich, die ihre Schritte gehört haben musste, wandte den Kopf und lächelte dünn. Aber sie schien nichts dagegen zu haben, dass Rebekka hier war.

Einer der Mechaniker reichte Biene einen winzigen Zettel. »So, das ist die Codenummer«, sagte er. »Am besten lernen Sie sie auswendig und vernichten den Zettel.«

Biene warf nur einen flüchtigen Blick auf das Blatt und schob es dann in ihr Dekolleté.

»Und wie funktioniert das jetzt?«, wollte Anton wissen.

»Das ist ganz einfach«, erklärte der Mechaniker stolz. Er verriegelte nacheinander die drei schweren Schlösser der Tür, gab die Schlüssel an Fräulein Bienenstich weiter und drückte dann auf einen Knopf an einem harmlos aussehenden schwarzen Kasten, der Rebekka bis zu diesem Moment gar nicht aufgefallen war. Drei winzige rote Lichter an dem Kasten leuchteten auf und wieder ertönte ein feines, hohes Fiepen. Seltsam – Rebekka erinnerte der Laut an das Quieken einer jungen Ratte. »Die Anlage ist jetzt scharf. Wenn irgendjemand versucht, die Tür zu öffnen, ohne vorher den richtigen Code einzugeben, wird sofort dort drüben hinter der Theke Alarm ausgelöst.«

»Und in meinem Büro ebenfalls«, fügte Biene in Rebekkas Richtung hinzu. »Manchmal sind die Segnungen der modernen Technik doch ganz praktisch, nicht wahr?«

Rebekka antwortete nicht. Sie blickte nicht einmal auf, als Anton und die beiden Monteure Biene in ihr Büro folgten. Mit klopfendem Herzen starrte sie erst auf die Tür und dann auf dieses dreimal vermaledeite schwarze Kästchen. Jetzt war alles aus! Sie würde nie wieder in das Labyrinth hinunterkommen und ihre letzte Chance, ihre Schuld zurückzuzahlen, war dahin. Peer Andermatt würde für alle Zeiten im Reich der Schatten gefangen bleiben!

Zitternd vor Enttäuschung hob sie die Hand und berührte das uralte Holz der Tür . . .

Und es war, als hätte sie ein Blitz getroffen. Von einer Sekunde auf die andere war sie wieder in ihrem Traum, der sie in der vergangenen Nacht gequält hatte. Und jetzt erinnerte sie sich! Sie war gerannt, endlos gerannt und gerannt auf der Flucht vor einem scheußlichen Drachen, ohne wirklich von der Stelle zu kommen, denn immer wenn sie glaubte, das Ende des Stollens fast erreicht zu haben, dehnte er sich plötzlich wieder vor ihr aus, bis er in einer schwarzen Unendlichkeit verschwand. Hinter ihr waren statt des Drachen plötzlich die Ratten und dann war auch vor ihr eine Ratte, die sich zischend auf die Hinterläufe aufrichtete und mit Zähnen und Krallen nach ihr schlug. Und nicht nur das: In ihrem Traum hatte diese Ratte gesprochen! »Verschwindet!«, hatte die Ratte gefaucht. »Das ist unser Reich! Wir hassen euch!« Dann veränderte sich die Illusion. Rebekka wusste wieder, wo sie war, aber auch die Ratte war noch da, ein riesiges, hässliches Exemplar, fast so groß wie ein Hund und hundertmal gefährlicher. Rebekka konnte sie ganz deutlich sehen, wie sie auf der anderen Seite der Tür hockte und zum Sprung ansetzte, und dann . . .

. . . zog sie mit einem erschrockenen Keuchen die

Hand zurück und es war vorbei. Der Albtraum war verblasst, die Ratte verschwunden und Rebekka wieder in der Wirklichkeit.

Mit klopfendem Herzen trat sie von der Tür zurück und sah sich um. Tanja stand noch immer neben ihr, hatte jedoch zu Rebekkas Erleichterung offenbar gar nicht mitbekommen, was geschehen war. Sie starrte konzentriert das schwarze Kästchen an und auf ihrem Gesicht lag ein sehr, wirklich *sehr* nachdenklicher Ausdruck . . .

Pelzige Störenfriede

Ist der Platz hier noch frei?« Über dem Klirren von Geschirr und Tassen, dem Klappern von Besteck und dem ununterbrochenen Murmeln und Raunen der hundert Schüler und Lehrer, die sich im großen Speisesaal Drachenthals versammelt hatten, fiel es Rebekka schwer, die Worte zu verstehen. Allerdings wusste sie auch so, dass Tom sich zu ihr setzen wollte – sie hatte ihn schon die ganze Zeit über beobachtet und ihr Herz hatte immer schneller geschlagen, je näher ihn der nur scheinbar ziellose Slalom, den er zwischen den dicht beieinanderstehenden Tischen vollführte, zu ihr brachte.

Trotzdem zögerte sie einen winzigen Moment, bevor sie – widerwillig – nickte. Eine Sekunde lang hatte sie sogar mit dem Gedanken gespielt, einfach so zu tun, als hätte sie ihn gar nicht bemerkt. Und trotzdem machte ihr Herz jetzt einen freudigen Sprung in ihrer Brust, als Tom den Stuhl auf der anderen Seite des Tisches zurückzog und sich darauf niederließ. Es war seltsam mit Tom – sie freute sich ebenso sehr darauf, mit ihm zu reden, wie sie sich beinahe davor fürchtete.

Tom sah sie unsicher an und schob eine Weile den leeren Suppenteller vor sich hin und her, dann räusperte er sich und begann: »Wegen damals, Rebekka . . .«

»Das war damals«, unterbrach ihn Rebekka abweisend. »Vorbei und vergessen.«

Auch verziehen?, fragte Toms Blick. Als sie darauf nicht reagierte, räusperte er sich erneut und zwang ein verlegenes Lächeln auf seine Lippen. »Ich wollte dir ja eigentlich auch nur sagen, wie leid es mir tut.«

»Ach, und dafür hast du vier Wochen gebraucht?«, schnappte Rebekka. Sie wunderte sich selbst ein bisschen über ihren scharfen Ton. Sie war nicht sauer, dass er sich an ihren Tisch gesetzt hatte, ganz im Gegenteil. Insgeheim hatte sie seit Wochen darauf gewartet, dass er sie ansprach. Es war *Tom* gewesen, der *ihr* aus dem Weg gegangen war, nicht umgekehrt. Und dennoch fuhr sie in fast noch schärferem Ton fort: »Du brauchst doch jetzt keine Gesellschaft mehr. Deine Busenfreundin ist ja wieder da. Oder hat sie dich beauftragt, mich ein bisschen auszuspionieren?« Sie wies mit einer Kopfbewegung auf Samantha, Ulrike und Regina, die mit finsteren Gesichtern damit beschäftigt waren, einen riesigen Servierwagen mit einem noch riesigeren Suppentopf von Tisch zu Tisch zu schieben und Suppe auszuschenken. Samantha war jetzt seit einer Woche zurück im Internat und seither hatte Fräulein Bienenstich jeden Tag einen Grund gefunden, ihr und ihren beiden Freundinnen eine unangenehme Pflicht nach der anderen aufzubürden. Anscheinend war sie nicht nur wild entschlossen, ihre Drohung, Samantha keinerlei Sonderbehandlung mehr angedeihen zu lassen, wahr zu machen, sondern ihr auch noch einiges aus der Vergangenheit heimzuzahlen.

Tom war bei Rebekkas ziemlich gemeiner Antwort blass geworden. »Entschuldige«, murmelte Rebekka.

»Schon gut.« Tom zog eine Grimasse. »Vermutlich habe ich das verdient. Es tut mir wirklich leid. Die Sache im Keller, aber . . . aber viel mehr noch, dass ich dich hintergangen habe.«

Seine Worte waren ehrlich gemeint, das spürte Rebekka. Sie sah noch einmal zu Samantha und den beiden anderen hin, die schon deutlich näher gekommen waren, dann fragte sie erneut, doch jetzt in versöhnlicherem Ton: »Und dazu hast du so lange gebraucht?«

»Ich hatte ein schlechtes Gewissen«, gestand Tom. »Und ich hatte Angst, dass du mich gleich davonjagst.«

»Wer weiß, vielleicht tue ich das ja noch«, grollte Rebekka. Aber sie grinste dabei und plötzlich erschien auch auf Toms Gesicht ein schüchternes Lächeln.

»Es tut mir wirklich leid«, sagte er. »Ich hätte nie geglaubt, dass Samantha zu so etwas fähig ist.« Er sah nachdenklich auf Rebekkas Anhänger. »Ist das ein Stück des Schwarzen Spiegels?«

Ohne dass Rebekka etwas dagegen tun konnte, legte sie wie beschützend die Hand auf die Scherbe und ihr Misstrauen regte sich wieder.

»Entschuldige«, sagte Tom rasch. »Ich wollte nicht . . .«

»Schon gut«, unterbrach ihn Rebekka. »Und mehr ist dazu nicht zu sagen, okay?«

Tom nickte hastig und wechselte dann das Thema. »Hast du gehört, was heute Morgen auf dem Jungenklo passiert ist?«

Rebekka blinzelte. »Nein. Und ehrlich gesagt interessiere ich mich auch nicht fürs Jungenklo.«

»Oh, in diesem Fall schon«, grinste Tom. »Stell dir vor, Benjamin aus der neunten Klasse hatte gerade den Deckel hochgeklappt, da kam ihm eine Ratte entgegengesprungen!«

Rebekka erstarrte für einen Moment. »Eine . . . Ratte?«, fragte sie stockend.

Tom nickte heftig und ein paarmal hintereinander. »Eine riesige, fette Ratte.«

»War es nicht eher eine miese, verräterische Ratte?«, zischte eine Stimme hinter ihm. Tom und Rebekka sahen im gleichen Moment erschrocken hoch und erblickten Samantha, die mitsamt ihrem zweiköpfigen Anhängsel und dem Servierwagen unbemerkt an ihrem Tisch angekommen war. Wenn man bedachte, wo sie noch vor zwei Minuten gewesen waren, schoss es Rebekka durch den Kopf, dann mussten sie ganz schön von ihrem vorgegebenen Kurs abgewichen sein.

Samantha schwenkte einen gewaltigen Suppenlöffel. »Eine verräterische Ratte wie du, zum Beispiel?« Und damit klatschte sie den Inhalt der Schöpfkelle so schwungvoll auf Toms Teller, dass er mit einem erschrockenen Keuchen mitsamt seinem Stuhl zurückfuhr, um nichts von der heißen Suppe abzubekommen.

»Bist du verrückt geworden?«, japste er.

»Nein, aber ich muss wohl verrückt *gewesen* sein, für dich den Kopf hinzuhalten«, zischte Samantha. Ihre Augen schossen winzige rot glühende Pfeile in Toms Richtung ab. »Wenn ich bedenke, dass ich dich gedeckt habe!«

»Gedeckt?«, ächzte Tom.

»Natürlich! Ich habe alle Schuld auf mich genommen und bin rausgeflogen, oder etwa nicht?«

»Vielleicht lag das ja daran, dass du auch die ganze Schuld hattest«, stellte Rebekka richtig.

Samantha schnellte mit dem Zischen einer wütenden Schlange herum und ihr ganzer Zorn richtete sich nun auf Rebekka. »Mit dir beschäftige ich mich später, Schätzchen. Du wirst dir noch wünschen . . .«

»Was ist hier los?«, drang Fräulein Bienenstichs Stimme scharf in den Streit. Gleichzeitig fing der Deckel des Kochtopfes leicht an zu klappern, doch niemand

achtete darauf. Die Lehrerin kam mit raschen Schritten heran und bedachte sie alle – Samantha aber ganz besonders – mit einem strafenden Blick, ehe sie unmittelbar hinter dem Servierwagen stehen blieb. »Was hat dieser Tumult zu bedeuten? Machst du schon wieder Ärger, Samantha vom Thal?«
Samantha reagierte nur mit einem trotzigen Blick, doch Rebekka antwortete rasch: »Es ist alles in Ordnung. Wirklich. Ein Missverständnis, mehr nicht.«
Biene sah nicht sehr überzeugt aus. Der Kochtopfdeckel klapperte erneut – stärker diesmal – und Fräulein Bienenstich schenkte ebenso ihm einen strafenden Blick, bis er sich wieder beruhigt hatte. Dann konzentrierte sich ihr Stirnrunzeln wieder auf Samantha.
»Das will ich auch stark hoffen«, sagte sie. »Ich dulde hier keinen Ärger, ist das klar? Und was ist mit dir, Samantha. Hast du nichts zu tun?«
Samantha zog eine Grimasse, die sie bedrohlich nahe an den Rand einer scharfen Zurechtweisung brachte, entschied sich aber dann, es doch nicht auf die Spitze zu treiben, und schwang stattdessen ihre Suppenkelle. Mit der linken Hand griff sie nach dem Kochtopfdeckel, um ihn anzuheben.
Sie kam nicht dazu. Plötzlich flog der Deckel hoch und segelte so schnell davon, dass Ulrike gerade noch den Kopf einziehen konnte, um nicht getroffen

zu werden, und ein graues, quietschendes Fellbündel mit blitzenden Krallen und einem langen nackten Schwanz sprang aus dem dampfenden Suppentopf heraus – und landete zielsicher in Samanthas Gesicht!

Schlagartig brach das reine Chaos im Speisesaal aus. Samantha kreischte, taumelte zurück und griff mit beiden Händen nach dem zischenden Bündel aus Wut und Fell, das an ihrem Gesicht hing. Regina kreischte ebenfalls und landete nach einem ungeschickten Stolperschritt rückwärts auf dem Hinterteil und auch Fräulein Bienenstich stieß einen schrillen Schrei aus. Tom sprang so hastig auf, dass sein Stuhl umfiel, und auch Rebekka katapultierte sich regelrecht von ihrem Platz in die Höhe.

Das geschah in der ersten Sekunde.

In der zweiten breitete sich die Panik wie die Wellen eines ins Wasser geworfenen Steins im ganzen Speisesaal aus. Überall – auch da, wo die Ratte gar nicht zu sehen war – sprangen Jungen und Mädchen kreischend in die Höhe. Stühle fielen um, Geschirr zerbrach und ein oder zwei Tische wurden umgeworfen, sodass alles, was darauf stand, Essen und noch mehr Geschirr, mit gewaltigem Getöse auf den Boden krachte. Samantha kreischte noch lauter, fiel rücklings zu Boden und die Ratte sprang von ihrem Gesicht herunter und suchte ihr Heil in der Flucht,

wobei sie eine Spur klebriger dampfender Suppe auf dem gefliesten Boden hinterließ.
Rebekka starrte ihr aus aufgerissenen Augen und wie gelähmt hinterher. Wo die Ratte entlanglief, da spritzten Jungen und Mädchen auseinander wie eine Schule bunter Fische, unter die urplötzlich ein Hai gefahren war, und weitere Tische und noch mehr Teller und Gläser gingen zu Bruch. Fräulein Bienenstich war mit einem Schrei neben Samantha und auf den Knien.
»Um Gottes willen, Kind, bist du verletzt?«, keuchte sie. Sie wollte nach dem Mädchen greifen, aber Samantha schlug ihre Hände beiseite und begann, wie hysterisch zu kreischen. Dabei konnte man sehen, dass ihr rein gar nichts passiert war. Ihr Gesicht war mit Suppe bekleckert, die vermutlich unangenehm warm, aber längst nicht mehr brühheiß war, doch sie hatte nicht einen Kratzer abbekommen.
Was sie aber nicht davon abhielt, weiter wie besessen um sich zu schlagen, zu kreischen und mit den Beinen zu strampeln – bis es Fräulein Bienenstich schließlich zu viel wurde und sie ihr eine schallende Ohrfeige versetzte. Samantha sah sie für die Dauer eines Atemzuges eindeutig entsetzt an und sackte dann regelrecht in sich zusammen. Sie begann, haltlos zu schluchzen, was Biene nicht sonderlich zu beeindrucken schien. Mit einem grimmigen Nicken

und einem gemurmelten »Na also. Das funktioniert immer« richtete sie sich auf, sah sich stirnrunzelnd um und rief schließlich, so laut sie konnte: *»Ruhe! Auf der Stelle!«*

Und auch *das* half. Irgendwo stürzte polternd ein letzter Stuhl um und etwas, das sich nach Glas anhörte, zerbrach, dann aber erstarrten die anwesenden Schüler zu Salzsäulen. Die bloße *Vorstellung,* Bienes heiligen Zorn auf sich zu ziehen, war offenbar ungleich schrecklicher als der Anblick einer tollwütigen Ratte.

»Jetzt beruhigt euch!«, fuhr Fräulein Bienenstich mit nur unwesentlich leiserer Stimme fort. »Es ist nichts passiert. Setzt euch wieder hin!« Sie wartete, bis die Schüler ihrem Befehl Folge geleistet hatten, ehe sie sich – immer noch in der gleichen Lautstärke – an Regina und Ulrike wandte. »Wer war das?«

Die beiden Angesprochenen schrumpften unter Bienes Blick sichtlich zusammen. »Ich . . . ich habe keine Ahnung«, stammelte Regina und Ulrike fügte in weinerlichem Ton hinzu: »K. . . keine Ahnung, wo das Ungeheuer hergekommen ist.«

»Es war eine ganz normale Ratte«, verbesserte Fräulein Bienenstich streng. »Kein Ungeheuer. Und ich glaube euch kein . . .«

Sie wurde unterbrochen, denn in diesem Moment flog die Verbindungstür zur Küche auf und ein voll-

kommen aufgelöster Anton stolperte herein, so außer sich, dass er um ein Haar über seine eigenen Füße gestolpert wäre.
»Fräulein Bienenstich!«, schrie er. »Fräulein Bienenstich! Schnell! Das müssen Sie sehen! Das ist . . .«, er rang keuchend nach Luft, ». . . unglaublich!«
Bienes Miene verdüsterte sich angesichts dieser neuerlichen Unterbrechung, aber irgendetwas in Antons Stimme – vielleicht auch in seinem Gesicht, das so weiß wie die sprichwörtliche Wand war – schien ihr klarzumachen, dass es ernst war. Sie beließ es bei einem drohenden Blick in die Runde – keiner rührt sich vom Fleck, verstanden? –, dann setzte sie sich mit einer Schnelligkeit in Bewegung, die Rebekka ihr nie und nimmer zugetraut hätte.
Selbstverständlich hielt dieser Blick weder sie noch Tom davon ab, Biene zu folgen. Sie mussten rennen, um mit ihr Schritt zu halten, aber sie erreichten die Tür fast gleichzeitig mit der Internatsleiterin und sie hatten Glück: Sowohl Biene als auch Anton waren so aufgeregt, dass sie keinerlei Notiz von ihnen nahmen.
»Was ist los?«, fragte Fräulein Bienenstich streng.
»Die Küche«, stammelte Anton kurzatmig. »Das . . . das ist unglaublich!«
Biene funkelte ihn böse an, schien aber dann einzusehen, dass sie von ihm keine klare Auskunft erhalten

würde, und stieß mit einem entschlossenen Ruck die Küchentür auf. Sie trat hindurch und nur eine Sekunde später hörte Rebekka sie auf der anderen Seite der Tür einen kleinen keuchenden Schrei ausstoßen.

Da Anton immer noch fassungslos vor sich hin stotterte, drückten sich Rebekka und Tom einfach an ihm vorbei und ebenfalls durch die Tür.

Tom ächzte und auch Rebekka hatte Mühe, einen erschrockenen Ausruf zu unterdrücken. Sie hatte ja gesehen, wohin die Ratte aus dem Suppentopf verschwunden war.

Sie hatte sich offensichtlich zu ihren Brüdern und Schwestern gesellt, die die Küche zu *Hunderten,* wenn nicht Tausenden überschwemmten.

Es war ein Bild wie aus einem Horrorfilm – nur dass es Gänsehaut machende Wirklichkeit war. Die Ratten waren überall: auf dem Fußboden, den Tischen, dem Herd und der Anrichte, den Regalen und Borden; sie wuselten auf Tellern und Tassen herum, guckten aus Kochtöpfen und Terrinen, sprangen aus Vorratsschränken und Kisten. Die Köchin und ihre beiden Assistenten hatten sich auf irgendwelche Möbel geflüchtet und versuchten, sich mit geradezu grotesk anmutenden Sprüngen von Stuhl zu Tisch und wieder zu Stuhl in Sicherheit zu bringen; als wollten sie einen reißenden Strom überqueren, indem sie von Stein zu Stein hüpften – nur dass die

Flut aus pelzigen braunen Leibern, Zähnen und Klauen bestand.
Fräulein Bienenstich hatte beide Hände vor den Mund geschlagen und stammelte immer wieder: »Ogottogottogott«, und noch während Rebekka dabei war, den bizarren Anblick zu verarbeiten, flog die Tür hinter ihnen auf und ein weiteres halbes Dutzend Schüler stürmte herein, unter ihnen auch Tanja. Sie zog überrascht die Augenbrauen hoch, als sie Rebekka mit Tom dastehen sah, dessen Hand Rebekka ganz instinktiv ergriffen hatte. Dann aber wurde sie kreidebleich, als sie die *Küche* erblickte. »Ach du heiliger Strohsack!«, hauchte sie.
So schnell Tanja die Fassung verloren hatte, so rasch und gründlich gewann Fräulein Bienenstich ihre wieder zurück. Sie nahm die Hände herunter und grimmige Entschlossenheit verdrängte das maßlose Entsetzen auf ihrem Gesicht. Ohne zu zögern, ergriff sie einen Besen, der neben der Tür stand, und begann, sich regelrecht einen Pfad durch die Rattenschar zu bahnen.
»Verschwindet, ihr Biester!«, schrie sie. »Macht bloß, dass ihr wegkommt!« Ihr Besen fuhrwerkte wie wild. Überraschte Ratten flogen in hohem Bogen nach rechts und links davon und Fräulein Bienenstich arbeitete sich weiter, eine Spur verdatterter grauer Nager hinter sich zurücklassend. So kämpfte sie sich bis

zu dem großen Tisch in der Mitte der Küche vor, auf den sich das Personal geflüchtet hatte. »Schnell jetzt«, rief sie. »Raus!«
Die Köchin und ihre beiden Gehilfen kletterten vom Tisch herunter und drängten sich hinter Biene zusammen, die herumfuhr und begann, sich auf gleiche Weise den Rückweg frei zu machen. Diesmal flogen die Ratten noch weiter, doch Rebekka bemerkte noch etwas anderes, das ihr Herz erschrocken schneller schlagen ließ. Bienes erster Angriff war so plötzlich gekommen, dass er die Ratten vollkommen überrascht hatte. Nun aber begann, sich Widerstand zu formieren. Zwei oder drei Ratten schnappten ärgerlich zischend in Bienes Richtung, ohne sie allerdings zu erwischen, und ein ganz besonders dreistes Exemplar versuchte sogar, an ihrem Besenstiel hochzuklettern. Biene schüttelte die Ratte ab, aber beinahe sofort nahm ein anderer grauer Nager ihren Platz ein. Und noch etwas änderte sich: War die Bewegung der unzähligen Ratten bisher ein einziges zielloses Gewusel gewesen, so glaubte Rebekka, jetzt eine Art Muster darin zu erkennen, so als marschierte eine Armee zum Angriff auf. Eine einzelne Ratte krallte sich in Bienes Kleid, kletterte daran in die Höhe und teilte schließlich das Schicksal ihrer Vorgängerinnen, als Biene ihr einen Schlag versetzte, der sie in hohem Bogen davonfliegen ließ. Doch der Belagerungsring um

die Lehrerin und ihre drei Schützlinge zog sich unerbittlich enger zusammen.
»Nein«, flüsterte Rebekka entsetzt. Eine Katastrophe stand bevor. Biene wusste, sich ihrer Haut zu wehren, wie die quietschenden Ratten bewiesen, die noch immer in hohem Bogen nach rechts und links davonflogen, aber gegen Tausende der gefährlichen Tiere wäre auch der stärkste Mensch der Welt machtlos gewesen. Und das hier war kein Spaß mehr. Etwas an der gesamten Szenerie hatte sich verändert, das man nicht in Worte fassen, dafür jedoch umso deutlicher spüren konnte: Die Ratten wollten plötzlich nicht mehr nur stören, sondern angreifen und verletzen; möglicherweise sogar töten.
»Nein!«, flüsterte Rebekka noch einmal. Ohne sich der Bewegung bewusst zu sein, griff sie nach ihrem Anhänger und schloss die Hand darum und im gleichen Moment, in dem sie das tat, begann die Spiegelscherbe erst warm zu werden und dann heiß.
Irgendwo auf der anderen Seite des Raumes richtete sich eine einzelne Ratte auf die Hinterläufe auf und starrte sie an, fast unsichtbar in der Masse der Tiere, aber Rebekka spürte ihren Blick trotzdem und sie wusste mit unerschütterlicher Sicherheit, dass es dieselbe Ratte war, die sie auch schon unten im Keller gesehen hatte und später noch einmal: in ihrem Traum und in der schrecklichen Vision vor der ver-

schlossenen Tür. »Nein«, flüsterte Rebekka. »Bitte, tut das nicht!«
Die Ratte starrte sie immer noch an. Ihr Blick war so unangenehm wie die Berührung einer heißen fiebrigen Hand und wieder hörte Rebekka die zischende, feindselige Stimme in ihren Gedanken. *Lasst uns in Ruhe! Verschwindet! Wir hassen euch!*
»Bitte, tut das nicht!«, flehte Rebekka. »Es wäre schrecklich, nicht nur für uns!«
Und das Wunder geschah. Die Ratte starrte sie noch eine weitere schreckliche Sekunde lang hasserfüllt an, doch dann fuhr sie herum, stieß einen schrillen Pfiff aus und wiederum änderte sich die Bewegung der wuselnden Rattenarmee.
Nicht unbedingt lautlos, aber so schnell, wie sie gekommen waren, zogen sich die Ratten wieder zurück. Es vergingen kaum anderthalb Minuten, bevor auch der letzte graue Pelzball verschwunden war. Spurlos – sah man davon ab, dass hier und da noch ein ausgerissenes Fellbüschel oder eine abgebrochene Kralle lag und die Küche ein einziges Schlachtfeld war. Möbel waren umgestürzt und zertrümmert, Lebensmittelpackungen aufgerissen und geplündert, Kochtöpfe vom Herd gezerrt und Geschirr und Gläser zerbrochen. Dafür dass der ganze Spuk nur wenige Minuten gedauert hatte, hätte der angerichtete Schaden kaum noch größer sein können.

Rebekka sah Fräulein Bienenstich an, die, hoch aufgerichtet und ihren Besen kampfbereit erhoben, dastand und ihren Blick fassungslos über das Chaos schweifen ließ, das der Überraschungsangriff der Rattenarmee hinterlassen hatte. Ein rascher eisiger Schauer lief ihr über den Rücken, als sie begriff, dass das nicht stimmte. Der Schaden *hätte* größer sein können – auch wenn Biene vermutlich nie erfahren würde, wie knapp sie und die drei anderen dem Tod entronnen waren . . .

Ihre Hand schmerzte. Rebekka ließ den Anhänger los und zog ungläubig die Brauen zusammen: Die Umrisse der goldgefassten Spiegelscherbe zeichneten sich als roter Fleck auf ihrer Handfläche ab, so heiß war sie geworden. Und der eisige Schauer, der ihr jetzt erneut über den Rücken lief, hatte nichts mit dem brennenden Schmerz zu tun. Vielmehr war die Brandwunde der unumstößliche Beweis dafür, dass sie sich das alles nicht nur eingebildet hatte. Sie *hatte* die Königin der Ratten gesehen und sie *hatte* ihre Stimme gehört.

Biene ließ den Besen mit einem Knall fallen und das Geräusch riss Rebekka in die Wirklichkeit zurück. Rasch ballte sie die Hand zur Faust, damit niemand die rote Stelle sah.

»Das ist ja ungeheuerlich«, keuchte Fräulein Bienenstich. Dann wurde ihre Stimme fast schrill. »Anton! Wo ist Anton?«

»Ich ... ich bin hier, Fräulein Bienenstich«, antwortete der Hausmeister. Der Schrecken saß ihm noch so tief in den Knochen, dass er hörbar mit den Zähnen klapperte.
Fräulein Bienenstich zeigte sich davon jedoch nicht im Geringsten beeindruckt. »Das ist ja eine Ungeheuerlichkeit!«, ereiferte sie sich. »Wenn jemand davon erfährt, dann können wir das Internat schließen, ist Ihnen das klar? So etwas habe ich ja noch *nie* erlebt!«
»Aber ... aber ich kann doch nichts ...«, begann Anton.
»Hinaus!«, fiel ihm Biene ins Wort. »Gehen Sie ans Telefon und rufen Sie in der Stadt an. Ich will sofort – *sofort!* – einen Kammerjäger hier sehen! Ach was, *einen* Kammerjäger! Den besten, den es gibt, haben Sie das verstanden? Den *allerbesten!*«
»Nein!«, entfuhr es Rebekka. »Das dürfen Sie nicht!«
Biene blinzelte, drehte sich ganz langsam um und blinzelte noch einmal. Ihr Gesicht erinnerte plötzlich an einen Vulkan, der ganz kurz vor dem Ausbruch steht. »Wie bitte?«
»Sie dürfen das nicht«, wiederholte Rebekka. Bienes Gesicht, das sich weiter umwölkte, machte ihr klar, dass sie auf dem besten Wege war, sich um Kopf und Kragen zu reden, aber das war ihr egal. »Nicht den Kammerjäger! Es wird nur noch schlimmer, wenn Sie sie reizen!«

»Ich glaube, diese Entscheidung solltest du besser mir überlassen, junge Dame«, antwortete Fräulein Bienenstich gefährlich leise. Dann polterte sie regelrecht: »Was tust du überhaupt hier? Hinaus! Alle!«

Rebekka sah sie noch einen Moment lang verzweifelt an, aber dann resignierte sie. Sie wusste einfach, dass etwas Fürchterliches passieren würde, wenn Anton einen Kammerjäger rief – oder sie auch nur *irgendeinen* Versuch unternahmen, die Ratten zu vertreiben, doch wie konnte sie Fräulein Bienenstich davon überzeugen? Selbst wenn sie ihr hier und jetzt die Wahrheit sagte, würde sie damit nicht nur alles schlimmer, sondern auch sich selbst vollkommen lächerlich machen. Niedergeschlagen und mit hängenden Schultern folgte sie den anderen nach draußen.

Vor der Küchentür herrschte ein heilloses Gedränge. Die meisten Schüler hatten fluchtartig den Speisesaal verlassen und dabei ein Chaos verursacht, das dem in der Küche kaum nachstand, aber die zurückgebliebenen drängelten sich vor der Tür zusammen und versuchten, einen Blick in den dahinter liegenden Raum zu erhaschen. Wenigstens waren Samantha und ihre beiden Speichelleckerinnen nicht dabei. Die Jungen und Mädchen bestürmten Rebekka mit neugierigen Fragen, denn die meisten hatten ja nur die Schreie und den Lärm gehört und rein gar nichts gesehen, aber Rebekka, Tom und Tanja ignorierten sie ausnahmslos und durchquerten mit schnellen Schritten den Speisesaal und auch den anschließenden Flur.

Erst als sie die Halle erreicht hatten, blieben sie stehen, sahen sich hastig um und steuerten dann eine ruhige Ecke an, in der sie ungestört reden konnten. Dabei bemerkte Rebekka aus den Augenwinkeln, wie Anton auf der anderen Seite hinter seiner Theke verschwand und heftig in einem Telefonbuch zu blättern begann. Der Anblick versetzte ihr einen tiefen Stich. Am liebsten wäre sie hingelaufen und hätte ihm das Buch aus den Händen gerissen, aber was hätte das schon genutzt?

»Was ist mit dir los?«, fragte Tom. Auch er runzelte nachdenklich die Stirn, als er sah, wie Anton nach dem Telefon griff und eine Nummer zu wählen begann. Dann zuckte er ganz leicht zusammen. Samantha war vor der Theke erschienen und winkte wild, um Antons Aufmerksamkeit zu erregen.

»Anton«, murmelte Rebekka. »Er ruft den Kammerjäger!«

»Und?«, fragte Tanja. Auch sie sah zur Theke hin und zog eine Grimasse, als sie Samantha dort entdeckte. »Schließlich hat Biene es ihm befohlen. Außerdem – hast du eine bessere Idee?«

»Aber das darf er nicht!«, antwortete Rebekka. Anton versuchte mittlerweile, gleichzeitig zu telefonieren

und Samantha davonzuscheuchen, die sich dadurch jedoch nicht beeindrucken ließ, sondern im Gegenteil zu ihrer Höchstform aufzulaufen begann.
»Ja, das hast du gerade schon mal gesagt«, bemerkte Tom. »Würdest du uns auch verraten, wie du zu dieser kühnen Behauptung kommst?«
»Weil etwas Schreckliches passiert, wenn wir die Ratten reizen!«
»Also, ich fand das gerade schrecklich genug.« Mit einem angedeuteten Grinsen fügte Tanja hinzu: »Aber auch ganz schön aufregend.«
»Ihr versteht nicht«, antwortete Rebekka.
»Das scheint mir auch so«, sagte Tom. Er sah wieder zur Theke. Anton gab endgültig auf, unterbrach sein Telefonat, drehte sich um und nahm einen Brief aus den Postfächern hinter der Theke. »Warum erklärst du es uns nicht einfach?«
Rebekka biss sich auf die Unterlippe. »Das kann ich nicht«, murmelte sie. »Ihr müsst mir einfach glauben!« Sie sah eine Sekunde lang zu, wie Samantha einen auffälligen Briefumschlag, auf dem ein noch auffälligerer gelber Blitz prangte, von Anton entgegennahm und rasch in der Hosentasche verschwinden ließ, dann wanderte ihr Blick weiter und blieb schließlich an der Tür mit den drei Schlössern und der elektronischen Alarmanlage hängen.
»Ich muss dort runter!«

»In den Keller?«, ächzte Tom. »Bist du verrückt? Wahrscheinlich sind die Viecher von dort gekommen!«
»Ich weiß«, antwortete Rebekka. »Gerade deshalb muss ich ja dorthin.« Unbewusst tastete sie wieder nach der Spiegelscherbe an ihrem Hals. »Fragt mich bitte nicht, wieso, aber ich *weiß* einfach, dass etwas Furchtbares geschehen wird, wenn man versucht, die Ratten zu töten. Und ... und dass ich es vielleicht verhindern kann.«
Toms Blick war ihrer Bewegung gefolgt. Er schwieg, schaute Rebekka jedoch einen Moment lang sehr nachdenklich an, ehe er wieder nach Samantha Ausschau hielt. Das rothaarige Mädchen war bereits auf halbem Wege die Treppe hinauf, blieb aber dann noch einmal stehen und warf ihm und den beiden anderen einen ebenso wütenden wie zugleich gehässigen Blick zu.
Tanja hingegen starrte versonnen die verschlossene Kellertür an. »Heute Abend?«, fragte sie.
»Unbedingt«, antwortete Rebekka ernst. »Wenn es dann nicht schon zu spät ist.«
»Also gut«, seufzte Tanja. »Gib mir Zeit bis Mitternacht. Ich hoffe, das reicht.«

In die Unterwelt

Es hatte an diesem Nachmittag keinen weiteren unliebsamen Besuch aus den Kellergewölben gegeben, aber das bedeutete nicht, dass der Tag in irgendeiner Weise *ruhig* verlaufen war. Ganz im Gegenteil. Die Ratteninvasion in der Küche war natürlich *das* Gesprächsthema gewesen und hatte Anlass zu endlosen – und auch wildesten – Spekulationen gegeben, von denen einige der Wahrheit unangenehm nahe kamen, wie Rebekka innerlich zugeben musste.
Vor allem Tanja, Tom und sie selbst waren ununterbrochen angesprochen und ausgequetscht worden, gehörten sie doch zu den wenigen, die die Heimsuchung der Küche mit eigenen Augen gesehen hatten.
Schließlich war es Rebekka zu viel geworden und Tanja und sie hatten sich in ihr Zimmer zurückgezogen und dort eingeschlossen.
Zu Rebekkas Erleichterung hatte Tanja nicht weiter versucht, sie darüber auszufragen, was sie mit ihrer geheimnisvollen Bemerkung über den Keller und die *schreckliche Gefahr*, die dort lauerte, eigentlich gemeint hatte. Vielmehr hatte sie den gesamten Nachmittag damit zugebracht, vor ihrem Computer zu hocken und wie besessen auf die Tastatur einzuhämmern.

Rebekka hatte sich vorsichtshalber nicht danach erkundigt, was sie da tat. Sie verstand wenig von Computern und interessierte sich auch nicht dafür und sie hatte nur ein einziges Mal den Fehler gemacht, ihre Zimmergenossin auf den Zauberkasten anzusprechen, vor dem sie so gut wie jede freie Minute verbrachte. Tanja hatte daraufhin eine gut anderthalb Stunden lange Erklärung herausgesprudelt, von der ihr noch zwei Tage später die Ohren geklingelt hatten.
Nach dem Abendessen war es auch nicht besser geworden: Tanja hockte vor dem Computer und tat ihr Möglichstes, die Tastatur zu zerhämmern, und Rebekka starrte immer wieder auf die Uhr, deren Zeiger festgeklebt schienen; wie immer, wenn man darauf wartete, dass die Zeit verging, schien sie schier stillzustehen.
Aber auch die längste Wartezeit hat irgendwann ein Ende, und als die Uhr auf Mitternacht zuging, schaltete Tanja ihren Computer aus, nahm eine CD aus dem Laufwerk und kramte aus dem Tohuwabohu auf ihrem Schreibtisch etwas hervor, das aussah wie eine Mischung aus einem Discman und einem Laptop, der in der Wäsche eingelaufen war.
»Fertig!«, sagte sie triumphierend.
Rebekka blickte abwechselnd sie und den komischen Kasten in ihrer Hand an. Tanja schob die CD hinein, aber rein gar nichts geschah. »Fertig womit?«

»Mit meinem Sesam-öffne-dich-Zauber«, antwortete Tanja, während sie ihren seltsamen Kasten tätschelte, als wäre er ein kleiner Hund.

»Hä?«, machte Rebekka.

Tanja grinste über das ganze Gesicht. »Wirst schon sehen«, sagte sie und sprang vom Stuhl. »Komm jetzt. Es ist fast zwölf. Tom wartet bestimmt schon auf uns.« Ohne sich die Mühe irgendeiner weiteren Erklärung zu machen, eilte sie zur Tür, riss sie auf und wedelte ungeduldig mit der Hand, als Rebekka ihr nicht sofort folgte.

»Was soll das?«, fragte Rebekka misstrauisch. »Selbst wenn ich euch mitnehmen wollte – und das will ich ganz bestimmt nicht! –, könnte ich euch nicht gebrauchen. Oder meinst du vielleicht, wir sollten zu dritt in Bienes Büro einbrechen?«

»Einbrechen?«, erwiderte Tanja mit gespielter Empörung. »Wer würde denn *so etwas* tun? Und wozu überhaupt?«

»Um an die Codenummer dieser verfluchten Alarmanlage zu kommen, wozu denn sonst?«, antwortete Rebekka. »Ich glaube, dass Biene den Zettel mit der Nummer gar nicht weggeschmissen hat, er ist sicher noch in ihrem Büro – sie kann sich nämlich keine Zahlen merken.«

»Wer braucht denn so was Altmodisches wie einen Zettel?«, kicherte Tanja und wedelte mit ihrem Kästchen. »Komm mit!«

Rebekka folgte ihr, als Tanja auf den Flur hinaustrat und die Treppe hinunterzulaufen begann. Als sie an Bienes Büro vorbeikamen, zögerte Rebekka einen kurzen Moment, lief dann aber wieder schneller, als Tanjas Vorsprung immer größer wurde. Tanja schien felsenfest von dem überzeugt, was sie tat. Und vielleicht war es ihr ja wirklich irgendwie gelungen, mit ihrem Computer die Codenummer herauszubekommen.

Unten in der Halle erwarteten sie zwei Überraschungen. Die eine war Tom, der sich herausgeputzt hatte wie Indiana Jones, nur ohne Schlapphut und Peitsche, und im Schatten eines Pfeilers stand, die andere war weit unangenehmer. In einem unordentlichen Halbkreis um die Kellertür verteilt erhob sich mindestens ein Dutzend großer Metallflaschen und -behälter, die nicht nur sorgsam verplombt waren, sondern auf denen auch schreiend gelbe Aufkleber mit einem roten Totenkopf prangten.

»Das haben die Kammerjäger vor zwei Stunden gebracht«, erklärte Tom auf ihren fragenden Blick hin. »Gift, nehme ich an. Vielleicht sogar Gas. Ich habe gehört, wie sich Anton mit ihnen gezankt hat, weil sie verlangen, dass morgen die Halle abgesperrt wird.«

»Morgen schon?«, murmelte Rebekka besorgt. Sie hatten wirklich keine Zeit zu verlieren.

»Dann sollten wir uns besser beeilen«, meinte Tanja.

Sie ging zur Kellertür und drückte eine Taste auf ihrem sonderbaren Kästchen. Nichts geschah.
»Aha«, sagte Rebekka. »Und jetzt?«
Tanja schenkte ihr einen bösen Blick, machte sich einen Moment lang an ihrem Apparat zu schaffen und drückte dann erneut auf einen Knopf und plötzlich erscholl das leise elektronische Fiepen und die roten Lämpchen auf der Alarmanlage erloschen. Rebekka klappte vor Staunen der Unterkiefer hinunter.
»Willkommen im einundzwanzigsten Jahrhundert«, grinste Tanja. Mit einem übertriebenen Hofknicks trat sie einen Schritt zurück und deutete zugleich einladend auf die verschlossene Tür. »Ihren Nachschlüssel bitte, Mylady.«
»Was für ein Nachschlüssel?« Rebekka grinste noch breiter als Tanja, trat an die Tür heran und berührte sie flüchtig mit der Hand. Diesmal war es Tanja, der die Augen vor Staunen schier aus dem Kopf fielen, als sich die Schlösser von selbst entriegelten. »Willkommen in der Welt der Hexerei!«
Als Tanja ihre Überraschung endlich überwunden hatte und auf die Tür zutreten wollte, schüttelte Rebekka heftig den Kopf. »Das geht nicht.«
»Was soll das heißen, das geht nicht?«, beschwerte sich Tanja. »Ohne mich kämst du gar nicht rein!«
»Das weiß ich und dafür bin ich dir auch sehr dank-

bar«, antwortete Rebekka. »Aber ich kann euch nicht mitnehmen. Das ist viel zu gefährlich.«

»Gefährlich, so?«, knurrte Tom. »Und du glaubst, ich würde dich ganz allein dort runtergehen lassen, wo es so gefährlich ist?« Er schüttelte grimmig den Kopf, und bevor Rebekka irgendetwas dagegen unternehmen konnte, schob er sie einfach zur Seite und trat an ihr vorbei durch die Tür.

»Also gut«, seufzte Rebekka. Sie staunte fast ein bisschen über sich selbst. Normalerweise war es nicht ihre Art, sich so schnell geschlagen zu geben. Aber wenn sie ehrlich war, dann fühlte sie sich erleichtert, dass sie nicht allein dort hinuntermusste. »Aber Tanja bleibt hier. Es ist *wirklich* gefährlich.«

»Kommt nicht in die Tüte!«, erklärte Tanja. »Das könnte euch beiden Turteltäubchen so passen! Ich mache die ganze Arbeit und ihr habt den Spaß, wie?« Sie wedelte abermals mit ihrem Kästchen. »Habt ihr euch schon mal gefragt, wie ihr ungesehen wieder aus dem Keller rauskommen wollt ohne das hier?«

»Du könntest es uns mitgeben«, schlug Rebekka vor.

Tanjas Grinsen hatte plötzlich etwas Wölfisches. »Klar«, antwortete sie, während sie Rebekka das Kästchen hinhielt. »Du musst nur das richtige Programm im Debugger-Modus starten. Aber achte darauf, dass du die Subroutinen nicht verwechselst, sonst läuft der Buffer über und du kannst dich durch den ganzen Hexadezimal-Code hacken!«

Rebekka gab auf. Ihr war nach wie vor nicht wohl bei dem Gedanken, Tanja mit hinunterzunehmen, und sie argwöhnte auch, dass ihre Zimmergenossin ihr gerade einen ziemlichen Blödsinn erzählt hatte, aber das änderte nichts an einer Tatsache: Sie hatte keine Ahnung, was diese Höllenmaschine überhaupt war; geschweige denn, wie sie funktionierte.

»Also gut«, seufzte sie. »Komm meinetwegen mit. Doch beschwer dich morgen früh nicht bei mir, wenn du tot bist!«

Tanjas Gesicht hellte sich auf. Mit einem einzigen Schritt war sie an Rebekka vorbei, zog eine Taschenlampe unter dem T-Shirt hervor und wartete, bis Rebekka die Tür hinter sich zugezogen hatte.

Die Dunkelheit, die sie umfing, war nicht ganz so bedrohlich wie sonst, denn außer Tanja hatten auch Tom und Rebekka ihre Taschenlampen mitgebracht, aber Rebekkas Herz klopfte trotzdem mit jeder Stufe, die sie weiter in die Tiefe schritt, heftiger. Sie wusste nicht, was sie dort unten erwartete – möglicherweise nichts anderes als bei ihren früheren Ausflügen in das Labyrinth auch, nämlich endlose Gänge voller Dunkelheit, Staub und Spinnweben. Aber vielleicht auch etwas anderes, etwas mit Zähnen und Krallen . . . und Rebekka hatte nicht die mindeste Ahnung, was sie *tun* sollte, wenn sie dem Drachen oder der Königin der Ratten begegneten ...

Tom, der zuerst unten ankam, blieb stehen und schwenkte den Strahl seiner Taschenlampe von rechts nach links. Es war nicht das erste Mal, dass er hier war. Samantha, ihre beiden Freundinnen und er hatten die Kellerräume schon zu erforschen begonnen, lange bevor Rebekka wusste, dass es Drachenthal und erst recht dieses unterirdische Reich überhaupt gab. Trotzdem wirkte er unsicher und sein Gesicht war im blassen Schein der Taschenlampe kalkweiß. Vielleicht bedauerte er schon, jemals mitgekommen zu sein. Und auch Tanja wurde immer stiller, je tiefer sie in die gemauerte Höhlenwelt eindrangen. Am Anfang hatte Tom noch – ganz Kavalier und tapferer Beschützer – die Führung übernommen, aber als Rebekka nach einer Weile an ihm vorbeiging und sich an die Spitze der kleinen Kolonne setzte, da erhob er keine Einwände mehr.

Während der ersten zehn Minuten schritt Rebekka in flottem Tempo voran, ohne die Karte benutzen zu müssen, die Tanja ihr ausgedruckt hatte. Sie war so oft hier unten gewesen, dass sie praktisch jeden Stein kannte, und außerdem waren da ja auch noch die Markierungen, die sie in die Wände gekratzt hatte. Schließlich aber musste sie doch anhalten und das Blatt aus der Tasche ziehen, um es im Licht der Taschenlampe zu studieren.

»Sag nicht, dass ... dass wir uns verirrt haben«, sagte Tanja stockend. Ihre Stimme klang nicht mehr annähernd so selbstsicher wie vorhin, als sie Rebekka praktisch erpresst hatte, sie mitzunehmen.
»Nicht wenn du die Karte richtig in deinen Computer eingegeben hast«, antwortete Rebekka.
»Ich habe sie einge*scannt*«, erwiderte Tanja. »Dabei *kann* man gar nichts falsch machen.«
»Was suchst du überhaupt?«, wollte Tom wissen.
Rebekka schwieg und sah weiter konzentriert auf die Karte hinab und verglich die dünnen Linien anschließend mit den Markierungen an den Wänden. Dann deutete sie auf einen Durchgang rechts von Tom. Laut Karte war das der Anfang jenes Tunnels, an dessen Ende sie auf die Ratten getroffen war. Seltsamerweise hatte sie das Gefühl, dass das nicht stimmte – aber da musste sie sich wohl irren. Die Markierung auf der Karte entsprach genau der, die sie in den uralten Stein gekratzt hatte.
»Das da?« Tom runzelte die Stirn. »Was ist dahinter?«
Rebekka beantwortete seine Frage nicht, sondern schüttelte nur entschieden den Kopf. »Jetzt gehe ich allein weiter. Ihr wartet hier.«
»Nix da«, antwortete Tom. »Ich komme mit!«
»Ich auch«, fügte Tanja hinzu. Doch beide klangen schon nicht mehr so überzeugt wie vor einer Viertelstunde.

»Nein«, sagte Rebekka leise, aber auch mit großem Nachdruck. »Das geht nicht. Wenn ich dort hinten finde, was ich vermute, dann könnt ihr mir sowieso nicht helfen, bitte glaubt mir. Ihr würdet euch nur selbst in Gefahr bringen und mich wahrscheinlich dazu. Bitte wartet hier auf mich.«

Tom musterte nachdenklich den Durchgang, auf den Rebekka gedeutet hatte. Dann nickte er. »Also gut. Wir geben dir zehn Minuten und keine Sekunde länger. Wenn du bis dahin nicht zurück bist, kommen wir nach.«

Rebekka reichte Tanja die Karte, drehte sich um und trat gebückt durch den Durchgang. Er kam ihr niedriger vor als beim ersten Mal und der Boden schien leicht abschüssig zu sein, was ihr vor drei Tagen gar nicht aufgefallen war. Sie entschuldigte sich selbst damit, dass sie schließlich etwas Besseres zu tun gehabt hatte, als auf ihre Umgebung zu achten – um ihr Leben zu rennen, zum Beispiel.

Sie legte fünfzig Schritte zurück, dann sechzig, siebzig – und fand sich urplötzlich in einem riesigen runden Raum wieder, von dem mehrere Gänge wegführten. Er war so groß, dass der Strahl der Taschenlampe die gegenüberliegende Wand kaum noch erreichte, und vor allem: Es gab hier nirgendwo eine Treppe. Sie hatte den falschen Gang genommen. Die Karte *war* falsch!

Rebekka fluchte eine Weile lautlos in sich hinein, und eine etwas kürzere Weile und nicht ganz so lautlos auf Tanja, und bewegte sich dabei äußerst vorsichtig den gleichen Weg zurück, bis sie wieder in dem Tunnel stand, durch den sie den Raum betreten hatte. Das fehlte noch, dass sie sich verirrte.

Mit einer grimmigen Bewegung drehte sie sich um. Sobald sie bei den anderen war, würde sie Tanja den Kopf abreißen. Von wegen beim Einscannen *kann* man gar nichts falsch machen!

Doch sie kam nicht dazu. Rebekka hatte kaum ein paar Schritte gemacht, als sie Lärm vor sich hörte, dann tauchten Tanja und Tom im unsicheren Licht ihrer Taschenlampe auf.

»Was soll das?«, fragte sie ärgerlich. »Zehn Minuten hatten wir ausgemacht und . . .«

»Still!«, unterbrach sie Tom. »Und mach das verdammte Licht aus!«

In seiner Stimme war ein so erschrockener Unterton, dass Rebekka ganz automatisch verstummte und ihn aus großen Augen ansah. »Was ist passiert?«

»Samantha!«, keuchte Tom. »Und die beiden anderen!«

»Sie sind hier?!«

»Wir wären ihnen fast in die Arme gelaufen«, bestätigte Tanja kurzatmig. Sie wedelte aufgeregt mit beiden Armen.

Rebekka sah einen Moment lang in die Richtung, aus der sie gekommen waren, dann endlich schaltete sie die Taschenlampe aus. Absolute Dunkelheit schlug über ihnen zusammen, begleitet von einer fast greifbaren Woge intensiver Furcht, die nicht nur Rebekka einen eisigen Schauer über den Rücken jagte. Aber nach einer Weile vernahm sie auch undeutliche Stimmen. Sie konnte die Worte zwar nicht verstehen, doch sie hörte ganz deutlich, dass es Samantha nebst Anhang war.

»Seid leise«, flüsterte sie vollkommen überflüssigerweise. Tom und Tanja wagten es kaum zu atmen, während sie ihr durch den dunklen Tunnel folgten.

Nach einer Weile sahen sie wieder Licht vor sich; den geisterhaften Schein einer weiteren Taschenlampe, der ziellos über Decke und Wände sprang. »Macht bloß keinen Lärm«, hörte sie Samanthas Stimme vor sich. »Unsere Freunde sollen doch nicht zu früh merken, dass sie Gesellschaft haben.« Sie lachte schmutzig und Rebekkas Gesicht verdüsterte sich noch weiter. Sie näherte sich dem Ausgang, blieb stehen und spähte mit angehaltenem Atem um die Ecke.

Samantha und ihr Hofstaat standen auf der anderen Seite des Raumes. Regina und Ulrike sahen ein bisschen verloren aus und mehr als nur *ein bisschen* unglücklich. Man musste kein Hellseher sein, um zu erkennen, dass sie Samantha nicht freiwillig nach hier unten gefolgt waren. Was Samantha tat, konnte sie nicht genau erkennen, denn sie hatte sich vor der gegenüberliegenden Wand mit dem Rücken zu ihr in die Hocke sinken lassen.

»Bienes Gesicht möchte ich sehen, wenn sie merkt, dass ihre Schlüssel weg sind«, sagte Regina.

Samantha lachte. »Wird sie nicht. Ehe sie das spitzkriegt, sind die Schlüssel längst wieder an Ort und Stelle.« Sie lachte noch lauter und hörbar gemeiner. »Viel mehr würde mich ihr Gesichtsausdruck interessieren, wenn sie spitzkriegt, dass ihr kleiner Liebling nicht mehr da ist.« Sie richtete sich auf und ließ dabei etwas in ihrer Tasche verschwinden, das Rebekka nicht erkennen konnte. »Und auch nicht wiederkommt«, fügte sie verächtlich hinzu.

Hinter ihr sog Tom erschrocken die Luft ein. »Was soll das heißen?«

Rebekka bedeutete ihm mit einem hastigen Wink, still zu sein, und lauschte konzentriert weiter.

»Die blöde Kuh bildet sich was auf ihre Superalarmanlage ein«, fuhr Samantha verächtlich fort. »Sie hätte sich vielleicht besser erkundigen sollen, *wem* die Firma gehört, die das Ding eingebaut hat!« Sie kicherte und Rebekka musste plötzlich wieder an den Brief mit dem auffälligen Blitzsymbol denken, den Anton Samantha heute Mittag gegeben hatte. Das gleiche Symbol, das sie auch auf den Anzügen der Monteure gesehen hatte …

Ulrike trat unbehaglich von einem Fuß auf den anderen. »Ich weiß nicht«, sagte sie. »Findest du das nicht ein bisschen heftig? Ich meine: Was, wenn sie sich wirklich verirren und den Rückweg nicht mehr finden?«
»Ach Blödsinn«, antwortete Samantha mit einer wegwerfenden Geste. »*So* groß ist dieser Keller nun auch wieder nicht. Sie werden ein paar Stunden herumirren und schlimmstenfalls organisiert Anton morgen Abend eine Suchmannschaft, die unsere tapferen Höhlenforscher aufstöbert. Ein kleiner Schrecken tut ihnen ganz gut!«
»Vielleicht tut dir ja eine kleine Tracht Prügel ganz gut!«, sagte Tom laut. Rebekka fuhr entsetzt zusammen, aber es war zu spät. Tom trat mit einer wütenden Bewegung an ihr vorbei und baute sich drohend vor Samantha auf. Regina und Ulrike prallten mit einem erschrockenen Keuchen zurück, während Samantha wie vom Donner gerührt dastand und Tom aus großen Augen anstarrte. Ihr Gesicht hatte alle Farbe verloren.
»Welche Gemeinheit hast du dir jetzt wieder ausgedacht?«, fuhr Tom aufgebracht fort. »Hast du denn immer noch nicht genug Schaden angerichtet?«
Samantha setzte zu einer schnippischen Antwort an, aber sie kam nicht mehr dazu. Hinter Rebekka schrie Tanja überrascht auf, und als Rebekka herumfuhr

und die Taschenlampe einschaltete, da erblickte sie Hunderte und Aberhunderte von Ratten, die durch den Tunnel herangestürmt kamen.

Auf der Flucht

Rebekka konnte nicht sagen, wie lange sie schon im wahrsten Sinne des Wortes um ihr Leben rannten. Wahrscheinlich waren es in Wirklichkeit nur vier oder fünf Minuten, doch ihr kam es vor wie Stunden. Die Ratten waren ein Stück zurückgefallen, aber sie waren trotzdem noch immer hinter ihnen. Obwohl mittlerweile das Blut vor Anstrengung in ihren Ohren rauschte, konnte sie das Klacken zahlloser Pfoten auf dem harten Boden weiterhin deutlich hören, genau wie das wütende Pfeifen und Quieken der aufgebrachten Tiere. Tanja war schon zweimal gestolpert und nur wie durch ein Wunder nicht gestürzt und es konnte nur noch wenige Augenblicke dauern, bis die Ratten wieder aufzuholen begannen. Und was dann geschehen würde, das wagte sich Rebekka nicht einmal vorzustellen ...

»Hierher! Schnell!« Tom war ein gutes Stück vorausgeeilt. Er hätte sicher noch schneller laufen können, blickte aber ab und zu zurück und drosselte sein Tempo dann jedes Mal ein bisschen, damit die anderen zu ihm aufholen konnten, doch vor ein paar Sekunden war er dann in der Dunkelheit verschwunden. Rebekka leuchtete mit ihrer Taschenlampe in die Richtung, aus der seine Stimme kam, und entdeckte ihn auf der anderen Seite des großen Raumes, in den der Gang mündete. Dort gab es einen gut anderthalb Meter hohen Sims, auf den Tom, aufgeregt mit seiner Taschenlampe fuchtelnd, deutete. »Da hinauf, schnell!«

Rebekka legte einen kurzen Endspurt ein und erreichte die Wand als erste der fünf Mädchen. Unverzüglich versuchte sie, daran emporzuklettern, aber ihre Finger und Zehen fanden keinen rechten Halt. Zwischen den Steinen gab es zwar breite, nur unordentlich verschmierte Fugen, doch die ganze Wand war mit einer Schicht aus Schimmel und Moder überzogen, die nicht nur gotterbärmlich stank, sondern auch so glatt wie Seife war, sodass sie immer wieder abrutschte. Tom versuchte, ihr zu helfen und eine Räuberleiter zu machen, aber auch das klappte nicht, und schließlich schüttelte Tom den Kopf, reichte Rebekka seine Taschenlampe und begann selbst, an der Wand in die Höhe zu steigen.

»He!«, brüllte Samantha. »Komm sofort zurück, du Feigling! Du kannst mich doch nicht einfach im Stich lassen!«

Rebekka brachte sie mit einem bösen Blick zum Schweigen und sah mit klopfendem Herzen zu, wie sich Tom weiter die Wand hinaufquälte. Er ächzte und stöhnte hörbar, aber es ging. Natürlich tat er das nicht aus Feigheit, sondern weil er von ihnen allen als

Einziger eine Chance hatte, den Aufstieg zu schaffen, und ihnen dann von oben aus helfen konnte. Doch er brauchte entsetzlich lange dazu.
Nervös drehte sie sich um, ließ den Lichtstrahl über die schreckensbleichen Gesichter der anderen gleiten und richtete ihn dann in den Gang, aus dem sie gerade gekommen waren. Täuschte sie sich oder war das Klicken horniger Krallen auf dem Stein bereits wieder lauter geworden? Zu sehen war jedenfalls noch nichts, aber das würde bestimmt nicht mehr lange so bleiben.
»Schnell jetzt! Rebekka!« Toms Stimme war die Anstrengung anzuhören, die es ihn gekostet hatte, die Wand emporzuklettern. Doch er hatte sich schon bäuchlings auf dem Sims ausgestreckt und wollte Rebekka nun die Hand reichen, um ihr ebenfalls auf den rettenden Mauervorsprung zu helfen, aber sie schüttelte nur den Kopf und deutete auf Tanja. Während Tom von oben zog, schob Rebekka von unten, sodass es nur ein paar Augenblicke dauerte, bis sich auch Tanja in Sicherheit befand.
Als Rebekka die Arme ausstrecken wollte, schubste Samantha sie zur Seite und schrie: »Ich bin dran!«
Tom funkelte sie so wütend an, dass sie nach einer einzigen weiteren Sekunde die Hände sinken ließ und wie ein geprügelter Hund zurücktrat. Erneut streckte Tom die Arme in Rebekkas Richtung aus,

aber die schüttelte jetzt wieder den Kopf und deutete auf Ulrike. Während Tom, Tanja und Regina Ulrike mit vereinten Kräften die Wand hinaufzogen und -schoben, sah Rebekka mit klopfendem Herzen noch einmal in den Tunnel. Sie konnte immer noch nichts erkennen, aber der Lärm der angreifenden Rattenarmee war jetzt deutlich näher gekommen. Sie konnten es schaffen, aber es würde knapp werden.
Und es *wurde* knapp. Als Nächste war Regina an der Reihe und Toms Gesicht verlor auch noch das letzte bisschen Farbe, als sich Rebekka selbst dann noch weigerte, seine Hilfe anzunehmen, und nur stumm auf Samantha wies. Gottlob verschwendete er aber nicht noch mehr Zeit damit, sie von ihrem heldenmütigen Verhalten abzubringen, sondern zerrte Samantha reichlich unsanft in die Höhe.
Als dann Rebekka endlich nach seinen hilfreich ausgestreckten Händen griff, stürmten die ersten Ratten in den Raum. Tom keuchte vor Schreck und verdoppelte seine Anstrengung, sie zu sich nach oben zu ziehen, und auch Rebekka stemmte die Füße gegen das schlüpfrige Mauerwerk und tat ihr Bestes, um ihm zu helfen. Doch auch die Ratten schienen zu begreifen, dass ihnen ihr Opfer im allerletzten Moment noch zu entkommen drohte. Sie rasten wütend pfeifend heran, versuchten, an der Wand in die Höhe zu klettern, oder sprangen mit den Zähnen schnappend nach Rebekkas

Beinen. Die meisten verfehlten sie, aber eines der Tiere krallte sich in den Stoff ihrer Jeans und biss zu.
Es tat weh, doch dieses Mal war Rebekka klug genug gewesen, eine Jeans anzuziehen, und nicht einmal die scharfen Zähne des riesigen Nagers vermochten, den festen Stoff zu durchdringen. Rebekka schüttelte das Tier ab, bevor es sein Glück ein zweites Mal versuchen konnte, dann war sie endlich oben in Sicherheit und sank keuchend neben Tom auf die Knie. Alles drehte sich um sie und ihr war beinahe schlecht vor Anstrengung.
»Das war . . . verdammt . . . knapp«, japste Tom. Er zitterte am ganzen Leib, so viel Kraft hatte es ihn gekostet, die fünf Mädchen nacheinander auf den Sims heraufzuziehen. »Wo . . . wo sind diese verdammten Biester denn so plötzlich hergekommen?«
»Warum fragst du das nicht unsere kleine Hexe da?«, fauchte Samantha. Sie funkelte Rebekka wütend an und Rebekka musste plötzlich wieder an das denken, was Biene gesagt hatte: *Erwarte keine Dankbarkeit von ihr.* Allmählich begann sie zu begreifen, was Biene damit gemeint hatte.
Statt etwas auf Samanthas Bemerkung zu entgegnen – was sowieso zu nichts anderem als einem weiteren sinnlosen Streit geführt hätte –, beugte sie sich behutsam vor und spähte in die Tiefe.
Die Ratten waren noch da. Einige wenige Tiere ver-

suchten unbeirrt, an der Wand in die Höhe zu klettern oder gar zu springen, die meisten aber hockten einfach da und starrten eindeutig feindselig zu ihnen hoch. Rebekka wurde von einem kalten Schauer ergriffen, als sie den Ausdruck in den Augen der Tiere bemerkte. Er kam ihr vor wie eine Mischung aus abgrundtiefem Hass und einer Intelligenz, die diesen Geschöpfen einfach nicht zustand.

»Und ... und was machen wir jetzt?«, fragte Ulrike. Ihre Stimme bebte, und als Rebekka sich zu ihr umdrehte, sah sie, dass Ulrike den Kampf gegen die Tränen längst verloren hatte.

»Warten, was denn sonst«, antwortete Tanja. »Früher oder später werden die Biester schon wieder abhauen.« Sie warf einen unsicheren Blick in Rebekkas Richtung. »Oder?«

»Natürlich«, antwortete Rebekka mit einer Überzeugung, die sie ganz und gar nicht empfand. Sie hatte keine Ahnung, wann diese Ratten wieder verschwinden würden oder ob überhaupt. Sie wusste ja noch nicht einmal, warum sie *da* waren.

»Aber du kennst dich hier aus?«, fuhr Tanja fort. Sie klang jetzt mehr als nur *ein bisschen* unsicher. »Ich meine, du ... du warst schon einmal hier? Du weißt, wie wir rauskommen?«

Im ersten Moment antwortete Rebekka nicht, sondern schwenkte nur die Taschenlampe und blickte sich mit klopfendem Herzen um. Sie war in so vielen dunklen Räumen gewesen, dass sie sich beim besten Willen nicht an jeden einzelnen erinnern konnte, und außerdem sahen sie sowieso irgendwie alle gleich aus – aber dann bemerkte sie drei krakelige Kreuze, die sie in die Wand neben einem Durchgang gekratzt hatte: ihre Markierungen.

»Kein Problem«, meinte sie. »Ich finde zurück.«

Tanja atmete erleichtert auf, doch Samantha sagte: »Na, dann müssen wir ja nur noch abwarten, bis unsere niedlichen kleinen Schoßtiere wieder abgezogen sind. Es sei denn, unsere kleine Hexe hat den passenden Zauberspruch parat.«

»Du marschierst schnurstracks auf eine Ohrfeige zu, Sammy«, grollte Tom.

Samantha grinste ihn an. »Aber, aber! Ein Gentleman schlägt doch keine Damen!«

»Damen vielleicht nicht, aber dich bestimmt!«

»Hört auf zu streiten!«, sagte Tanja. »Schaut lieber mal, was die da unten machen!«

Rebekka leuchtete in die Tiefe und fuhr erschrocken zusammen. Die Ratten hatten aufgehört, wild umherzuwuseln. Sie taten etwas viel Beunruhigenderes: Sie begannen sich am Fuße der Mauer zusammenzurotten und aneinander hochzuklettern. Im ersten Moment weigerte sich Rebekka einfach zu glauben, was sie da sah, doch es hatte keinen Zweck, die Augen vor der Wahrheit zu verschließen: Die Ratten kletterten nicht *einfach so* aufeinander. Sie bildeten eine lebende Pyramide, die langsam aber beständig wuchs.

»Das . . . das gibt es doch nicht!«, keuchte Tom. »So etwas *können* normale Ratten nicht!«

»Ich glaube auch gar nicht, dass es normale Ratten sind«, sagte Tanja leise. »Mir ist das schon heute Nachmittag in der Küche aufgefallen – seht sie euch mal genau an. Sie sind viel größer, als sie sein sollten, und irgendwie . . . nicht richtig.«

Und damit hatte sie recht, dachte Rebekka schaudernd. Es gelang ihr ebenso wenig wie Tanja, das Gefühl in Worte zu kleiden, doch der Unterschied war da. Diese Ratten waren irgendwie . . . *nicht richtig.* Sie sahen beinahe aus wie normale Ratten, aber eben nur *beinahe.*

Die lebende Pyramide unter ihnen wuchs langsam, jedoch unaufhörlich in die Höhe. Der Anblick war zutiefst erschreckend, trotzdem schöpfte Rebekka vorsichtig neue Hoffnung. Unter ihnen hielten sich zwar wirklich *viele* Ratten auf, aber ihre Zahl war dennoch begrenzt, und je höher die lebendige Sturmrampe wuchs, desto mehr Tiere waren nötig. Aus den umliegenden Gängen strömten jetzt schon lange keine weiteren Ratten mehr herbei. Mit ein bisschen Glück würde ihre Zahl einfach nicht ausreichen.

Um es kurz zu machen: Sie *hatten* Glück. Vielleicht

dreißig oder vierzig Zentimeter, bevor es wirklich brenzlig werden konnte, war der Vorrat an lebendigem Baumaterial erschöpft. Und wieder verhielten sich die Ratten vollkommen anders, als normale Ratten es getan hätten. Statt dass sie ihre Wut herausgeschrien oder irgendeinen weiteren sinnlosen Versuch unternommen hätten, doch noch an ihre vermeintliche Beute heranzukommen, löste sich der wuselnde Berg rasend schnell auf und die Tiere verschwanden ebenso rasch und lautlos, wie sie es am Nachmittag in der Küche getan hatten.

Nach kaum einer Minute war der Spuk vorbei.

Tanja ließ sich mit einem erleichterten Seufzer zurücksinken. »Puh!«, machte sie. »Das war eng!«

»Und unheimlich«, fügte Ulrike hinzu. »Ihr habt recht – das sind keine normalen Ratten.«

»Hört auf zu quatschen!«, mischte sich Samantha ein. »Wir sollten lieber machen, dass wir hier verschwinden – bevor die verdammten Biester mit Verstärkung zurückkommen!«

Sosehr sich Rebekka über ihre Worte ärgerte, musste sie ihr doch recht geben. Sie knipste ihre Lampe aus, ließ die Beine über die Kante des Simses baumeln und sprang dann mutig in die Tiefe. Rasch lief sie zu dem Ausgang, den sie markiert hatte.

Während sie darauf wartete, dass die anderen ihr folgten, kramte sie die Karte hervor und betrachtete sie konzentriert. Es dauerte einen Moment, bis sie die mit drei Kreuzen markierte Abzweigung fand, und ganz beruhigt war sie selbst dann nicht – sie hatte ja schon einmal erfahren müssen, dass Tanja offensichtlich *doch* Fehler passiert waren, als sie die Karte eingescannt hatte, sodass sie sich nicht hundertprozentig auf sie verlassen konnte. Aber andererseits war sie sicher, den Rückweg sogar *ohne* die Karte zu finden. Schließlich waren da ja noch die Markierungen, die sie sorgsam neben jeder Gangkreuzung in die Wand gekratzt hatte . . .

»Ist was?«, fragte Tanja, als sie neben ihr ankam; gerade rechtzeitig, um zu sehen, wie Rebekka die Karte achtlos zusammenknüllte und in der Hosentasche verschwinden ließ.

»Das Ding kannst du vergessen«, antwortete Rebekka. »Du hast irgendetwas falsch gemacht.«

»Das habe ich nicht!«, empörte sich Tanja. »Ein Scanner *kann* gar nichts falsch machen!«

»Dann war es eben dein Computer«, beharrte Rebekka.

»Ohne meinen Computer wären wir gar nicht hier!«, sagte Tanja beleidigt und Samantha fügte hinzu: »Das wäre auch besser so. Wollt ihr beiden noch ein bisschen streiten oder gehen wir weiter?«

»Du musst nur ein Wort sagen«, knurrte Tom, »und ich verpasse ihr einen Knebel.«

»Pfft!«, machte Samantha. »Das möchte ich sehen!«
»Mit dem größten Vergnügen! Mach nur weiter so!«
Rebekka verdrehte die Augen und bewegte sich vorwärts, bevor die beiden sich endgültig an die Kehle gehen konnten.
Der beruhigend gleichmäßige weiße Lichtkreis der Taschenlampe eilte ihr voraus, während sie mit schnellen Schritten in den Tunnel eindrang. Nirgendwo war eine Ratte zu sehen. Mit Ausnahme ihrer eigenen Schritte und der der anderen war nicht der geringste Laut zu hören und schon an der nächsten Abzweigung fand sie wieder drei Kreuze, mit denen sie den Rückweg markiert hatte – und doch beschlich sie mehr und mehr das Gefühl, dass hier irgendetwas nicht stimmte.
Eine weitere Abzweigung, eine Kreuzung, zwei Abzweigungen, eine Treppe und zwei runde Säle mit zahlreichen Ausgängen später wusste sie es plötzlich. Sie blieb so abrupt stehen, dass Tom gegen sie prallte und sie um ein Haar ihre Taschenlampe fallen gelassen hätte.
»Was hast du?«, fragte Tom alarmiert.
Statt sofort zu antworten, deutete Rebekka auf drei Kreuze neben einer Tür. »Was siehst du da?«, fragte sie nach einer kurzen Pause.
»Drei Kreuze«, antwortete Tom verwirrt. »Wieso?«
»Weil es *immer* drei Kreuze sind«, antwortete Rebek-

ka halb laut. Ihr Herz begann zu klopfen. »Fast an jeder Abzweigung, an der wir vorbeigekommen sind.«

»Und?«, fragte Regina misstrauisch.

»Aber das dürfte nicht sein«, erklärte Rebekka. »Ich habe mal ein Kreuz gemacht, mal zwei und mal drei. Je nachdem ob ich nach rechts abgebogen bin oder nach links oder geradeaus weitergegangen bin. Doch jetzt sind es überall drei!«

»Das kann doch gar nicht sein!«, keuchte Tom. »Du musst dich irren!«

»Wahrscheinlich kann sie sowieso nur bis drei zählen«, stichelte Samantha. Rebekka warf ihr einen ärgerlichen Blick zu – und dann fiel ihr etwas ein.

Ohne ein weiteres Wort trat sie auf Samantha zu und griff in ihre Jackentasche. Samantha begann lautstark zu protestieren und wollte Rebekkas Hand beiseiteschlagen, aber Rebekka hatte bereits gefunden, wonach sie gesucht hatte: Mit einem ungläubigen Ächzen trat sie zurück und hielt den fingerlangen Stahlnagel in die Höhe, den sie bei Samantha gefunden hatte.

»Was ist denn *das?*«, entfuhr es Tom.

Rebekka war so fassungslos, dass sie im ersten Moment gar nicht antworten konnte. Vollkommen schockiert starrte sie abwechselnd den Nagel, Samantha und die Markierung im Stein an.

»Du ... du hast ... du hast sie ...«

»Geändert«, sagte Ulrike kleinlaut. »Ich war dagegen, aber sie hat nicht auf mich gehört.«
»Sie hat *was?!*« Das letzte Wort hatte Tom geschrien.
»Sie hat die Markierungen geändert«, flüsterte Rebekka. »Es sind jetzt überall drei Kreuze.«
»Nicht überall«, entgegnete Samantha patzig. »Aber fast überall.«
»Bist du wahnsinnig?«, keuchte Tanja. »Auf diese Weise findest du doch selbst nicht mehr zurück!«
»Schlaumeier«, antwortete Samantha abfällig. »Ich hatte mir den Rückweg natürlich gemerkt – wenigstens so lange, bis die da ...«, sie deutete auf Rebekka, »... uns in die Irre geführt hat!«
»Aber du hast noch die Karte!«, meinte Tanja. Sie klang verzweifelt. »Die ... die stimmt ja dann doch!«
»Wahrscheinlich«, sagte Rebekka. Sie schüttelte niedergeschlagen den Kopf. »Das Problem ist nur, dass man erst mal wissen muss, wo man sich befindet, um mit einer Karte etwas anfangen zu können.« Sie hob hilflos die Arme. »Und ich habe keine Ahnung, wo wir sind.«
»Das heißt, wir sind aufgeschmissen«, murmelte Tom. Rebekka sah aus den Augenwinkeln, wie Tanja kreidebleich wurde und am ganzen Leib zu zittern begann, während Tom mit einer wütenden Bewegung zu Samantha herumfuhr.
»Bist du völlig wahnsinnig geworden?«, schrie er.

»Weißt du eigentlich, was du getan hast? Hast du auch nur die geringste Vorstellung davon, wie groß dieses Labyrinth ist? Wir finden hier vielleicht nie wieder raus!«

Samantha prallte erschrocken zurück, fing sich aber beinahe sofort wieder und setzte ihr übliches trotziges Gesicht auf. »Spiel dich nicht auf«, sagte sie. »So groß kann es gar nicht sein. Wir bringen einfach neue Markierungen an und früher oder später finden wir schon den Ausgang. Schlimmstenfalls dauert es eben ein paar Stunden.«

»Aber . . . aber versteht ihr denn nicht?«, stammelte Tanja. »Wir . . . wir *haben* vielleicht keine paar Stunden mehr!«

Nicht nur Rebekka drehte sich zu Tanja um und sah sie verständnislos an. Tanja zitterte mittlerweile wie Espenlaub. Ihr Gesicht hatte auch noch das letzte bisschen Farbe verloren und in ihren Augen stand die nackte Todesangst. »Ja versteht ihr denn nicht?«, keuchte Tanja. »Habt ihr die Flaschen und Kanister oben vergessen? Die Kammerjäger? In ein paar Stunden wird dieses ganze Tunnelsystem mit Giftgas geflutet und dann sind wir alle tot!«

Die graue Königin

Eine Stunde später hatten sie sich endgültig verirrt. Sie waren keinen weiteren Ratten mehr begegnet, aber sie befanden sich mittlerweile in einem Teil der unterirdischen Höhlenwelt, der Rebekka nicht nur gänzlich unbekannt vorkam, sondern in dem es auch keine Markierungen an den Wänden mehr gab.

Rebekka machte sich insgeheim schwere Vorwürfe. Sie hatte nicht mit dem rechnen können, was Samantha und ihre Freundinnen getan hatten, aber dass Tom und Tanja hier unten waren, darauf hätte sie sich niemals einlassen dürfen! Sie hätte sich einfach weigern müssen, die beiden mitzunehmen, ganz gleich, wie heftig sie auch dagegen protestierten.

Doch über gemachte Fehler zu jammern, half leider nicht, sie rückgängig zu machen.

»Das hat doch alles keinen Zweck«, seufzte Tom und blieb stehen. Der Lichtkreis seiner Taschenlampe huschte nervös über die halbrunde gemauerte Decke, die sich beunruhigend weit oben über ihren Köpfen befand. »Wir verirren uns nur immer mehr.«

»Woher willst du das wissen?«, fragte Samantha.

»Kommt dir das hier vielleicht irgendwie bekannt vor?«, fragte Tom. Als Samantha nicht antwortete, sondern ihn nur trotzig anstarrte, fuhr er mit einem Nicken fort: »Siehst du? *Keinem* von uns kommt dieser Teil irgendwie bekannt vor. Und wir haben schon seit einer kleinen Ewigkeit keine Markierungen mehr gesehen.«

»Die würden doch sowieso nichts mehr nutzen«, sagte Regina. Die Bemerkung brachte ihr einen giftigen Blick von Samantha ein, aber Tom schüttelte heftig den Kopf.

»Stimmt nicht«, behauptete er. »Immerhin wüssten wir dann, dass wir uns noch in einem Teil des Kellers befinden, den Rebekka schon in ihre Karte aufgenommen hat. Diese Räume hier hat noch keiner von uns gesehen.«

»Also, ich will ja nicht unken«, mischte sich Tanja ein. »Aber wenn ihr mich fragt, dann hat noch kein Mensch auf der Welt diese Räume gesehen.«

Samantha zog eine Grimasse. »Was soll denn das jetzt wieder heißen, Superhirn?«

Tanja ignorierte die Beleidigung und schwenkte ihre Taschenlampe. Der bleiche Lichtkreis glitt über Torbögen und Stützpfeiler, tastete sich an der Decke entlang und begann, die Wand hinabzuwandern, wobei er hier und da für einen Moment innehielt, um irgendein bestimmtes Detail zu beleuchten. »Sieht das hier etwa so aus, als wäre es von Menschen erbaut worden?«

»Von wem denn sonst?«, fragte Samantha höhnisch. »Vielleicht von Aliens?« Sie tippte sich gegen die Stirn. »Kleine grüne Männchen vom Mars, wie?«
Niemand antwortete darauf, aber Rebekka konnte nicht verhindern, dass ihr ein eisiger Schauer über den Rücken lief. Tanja hatte nur ausgesprochen, was ihr selbst insgeheim schon seit einer ganzen Weile aufgefallen war – nämlich dass mit ihrer Umgebung eine allmähliche, aber durch und durch unheimliche Veränderung vorging. Die Räume waren nicht nur deutlich größer geworden, sondern auch die Gänge breiter und die Stufen der Treppen, die sie ein paarmal hinab- oder hinaufgestiegen waren, höher. Auch mit den Durchgängen, die sie manchmal passierten, stimmte etwas nicht. Am Anfang hatten sie sich noch bücken müssen, um sich nicht die Köpfe anzustoßen, aber mittlerweile waren sie so gewaltig, dass sie die Wände selbst mit ausgestreckten Armen nicht erreichen konnten. Es war, als tauchten sie mit jedem Schritt ein wenig tiefer in eine Welt ein, die für Riesen erschaffen worden war – oder für Drachen!
»Gehen wir weiter«, sagte Tom.
Niemand widersprach. Tom schlurfte willkürlich auf den nächstbesten Ausgang zu und Rebekka und die anderen folgten ihm. Ein weiterer Gang nahm sie auf, dann führte eine enge Wendeltreppe ein gutes Stück nach oben. Rebekka war ganz sicher, dass sie diese

Treppe nicht kannte, doch wenigstens führte sie nach oben, nicht tiefer in die Erde hinein.

Und an ihrem Ende schimmerte Licht.

Es war so blass, dass sie es erst bemerkten, als Tom rein zufällig seine Taschenlampe senkte. Dann aber gab ihnen der Anblick neue Kraft und sie beschleunigten ihre Schritte, bis sie das Ende der Treppe erreichten. Vor ihnen lag jetzt kein gemauerter Saal mehr, sondern eine riesige, unregelmäßig geformte Höhle, deren Boden mit bizarren Felstrümmern und Schutt übersät war. Das Licht kam aus einer Anzahl merkwürdig geformter Löcher, die sich in der Decke und den Wänden befanden. Es war kein richtiges Tageslicht, sondern wirkte grau und irgendwie . . . *falsch;* auf die gleiche, schaudern machende Art, auf die auch mit den Ratten etwas nicht zu stimmen schien, ohne dass man genau sagen konnte, was.

Schweigend bewegte sich Tom auf eine der Öffnungen zu, die dicht über dem Boden lagen, und die anderen folgten ihm. Der Weg gestaltete sich nicht so einfach, wie es im ersten Moment den Anschein gehabt hatte. Sie mussten über Felsen und Schutt klettern und ein paar gefährlich breite und tiefe Spalten überwinden und die Höhle war viel, viel größer, als sie aussah.

»Wisst ihr, was komisch ist?«, fragte Tanja nach einer Weile.

»Nein«, antwortete Samantha. »Und niemand *will* es wissen.«
»So viele Stufen, wie die Treppe hatte«, fuhr Tanja schwer atmend, aber vollkommen unbeeindruckt fort, »müssten wir längst wieder an der Erdoberfläche sein. Genau genommen sollten wir schon auf der Turmspitze angekommen sein, wenn nicht sogar höher, und *ganz genau* genommen . . .«
»Halt die Klappe«, knurrte Tom.
Tanja schwieg beleidigt und sie kletterten schweigend und mit zusammengebissenen Zähnen weiter. Die Öffnung, durch die das graue Licht hereinfiel, kam nur langsam näher, und als sie sie endlich erreicht hatten, entpuppte sie sich nicht als Fenster, sondern als Anfang eines sicher zwanzig Meter langen Tunnels, der auf einen breiten Felsvorsprung hinausführte.
Tom nahm ihn, ohne zu zögern, in Angriff, dicht gefolgt von Rebekka und den anderen – und er blieb ebenso wie sie mit einem ungläubigen Ächzen stehen, als er das Ende des Tunnels erreicht hatte und auf den Vorsprung trat. Sie waren im Freien, aber sie waren nicht zu Hause.
Unter ihnen fiel das Gelände steil ab, um auf der anderen Seite wieder zu einem teilweise bewaldeten Hügel anzusteigen, auf dem sich eine Art mittelalterliche Trutzburg erhob. Die Burganlage war unvorstellbar

groß und voller Erker, Dächer und Zinnen; ein beeindruckendes Durcheinander aus zahllosen Gebäuden mit riesigen, merkwürdig geformten Fenstern, Türmen und gigantischen Mauern. Doch ihre besten Tage schien die Burg schon hinter sich zu haben. Die Spitze und das Dach des gewaltigen Wehrturmes waren eingestürzt und die gewaltige Toröffnung wurde nur zur Hälfte von einem Flügel aus schwarzem Eichenholz verschlossen, der zweite Torflügel war zur Seite gekippt und lag inmitten einer wahren Trümmerhalde vor dem Eingang. Auch die zinnengekrönte Mauer wirkte beschädigt. Zumindest aus der Entfernung sah es so aus, als hätte ein hungriger Drache daran geknabbert – was Rebekka hier noch nicht einmal für ausgeschlossen hielt, denn sie vermutete, dass sie nirgendwo anders als in Märchenmond herausgekommen waren – dem Land der Zauberer, Drachen und anderer magischer Geschöpfe.

Ihr Blick schweifte von dem Gebäude weg zu der wunderschönen Berglandschaft, in der es eingebettet lag. Es wirkte gar nicht einmal so verschieden von dem Drachenthal, das sie kannte. Und doch war alles etwas ... anders hier, voller Farben und Formen, die sie noch nie gesehen hatte. Selbst der Wind, der durch das Tal strich, war auf eine schwer in Worte zu fassende Weise anders, er blies von allen Seiten, gleichzeitig kühlend und wärmend.

Ein Stück weiter entfernt von ihnen galoppierte etwas aus dem Wald, das auf den ersten Blick wie ein schneeweißes Pferd aussah. Doch dann wandte es ihnen den Kopf zu und Rebekka erkannte für einen flüchtigen Moment ein gewundenes Horn, das aus seiner Stirn wuchs. Das Einhorn schien zu erschrecken, als es sie bemerkte. Mit einem hellen Wiehern warf es den Kopf in den Nacken und war im nächsten Moment im hohen Gras verschwunden.
Verwirrt runzelte Rebekka die Stirn. Märchenmond, Themistokles und Feuer – all diese Namen erlangten nun eine völlig neue Bedeutung für sie. Vielleicht ganz einfach deshalb, weil sie hier nur wenige Meter zu gehen brauchte, um endgültig in die unbegreifliche und vollkommen fremdartige Welt Märchenmonds einzutauchen, aus der Peer Andermatt zu ihr gekommen war – und die zu betreten sie sich dennoch scheute, denn irgendetwas, sie spürte es ganz deutlich, wollte nicht, dass sie und die anderen hier waren.
»Seht mal da!«, sagte Ulrike erschrocken.
Rebekka hob den Kopf und blinzelte in die Richtung, in die Ulrikes ausgestreckter Arm wies. Hoch oben vor dem strahlend blauen Himmel bewegte sich etwas, was sie im ersten Moment für einen Vogelschwarm hielt. Nur dass die Bewegungen der sich fast majestätisch bewegenden Kreaturen und die

Umrisse ihrer hellen, gewaltigen Schwingen so gar nicht zu Vögeln passen wollten. Rebekka verspürte einen eisigen Schauer, als sie an den Drachen dachte, auf den sie in den Kellergewölben des Internats getroffen war. Sie hatte überhaupt keine Lust herauszufinden, ob er oder seine Artgenossen Menschen gegenüber freundlich gesinnt waren oder nicht. Denn obwohl die unheimlichen Geschöpfe noch sehr weit weg waren, spürte sie die Kraft, die von ihnen ausging. Vermutlich waren die Ratten nicht unbedingt das Gefährlichste, auf das sie hier stoßen konnten.

»Vielleicht . . . sollten wir wieder hineingehen«, sagte Regina zögernd, die wie die anderen besorgt in den Himmel starrte.

Niemand hatte etwas gegen diesen Vorschlag einzuwenden. Sie kehrten in die Höhle zurück und entfernten sich ein gutes Dutzend Schritte von der Öffnung, bevor Tom wieder stehen blieb. »Das ist . . .«

»Ja«, unterbrach ihn Tanja. »Wir wissen es.«

Tom lächelte schief, aber er sagte nichts mehr und auch die anderen verfielen für eine Weile wieder in unbehagliches Schweigen. Manchmal gibt es Dinge, die man nicht in Worte fassen kann.

»Also, was tun wir jetzt?«, fragte Regina vorsichtig.

Rebekka setzte zu einer Antwort an, doch in diesem Moment verspürte sie ein Kribbeln am Hals, und als sie die Hand hob, merkte sie, dass sich der Anhänger mit der goldgefassten Spiegelscherbe erwärmt hatte. Das Glas war nicht wirklich heiß, aber es war warm und wurde langsam wärmer.

Tom hatte die Bewegung bemerkt und sah ihre Hand, die die goldgefasste Spiegelscherbe umschlossen hatte, einen Moment lang stirnrunzelnd an. Zu ihrer Erleichterung ging er jedoch nicht weiter darauf ein, sondern zog die Nase kraus und deutete dann in die Richtung, aus der sie vorhin gekommen waren. »Wir sollten wieder nach unten gehen«, schlug er vor. »Hier oben finden wir den Rückweg ins Schloss bestimmt nicht.«

Der Gedanke, in dieses finstere, endlose Labyrinth aus Tunneln und Gängen zurückzukehren, machte ihr Angst – aber das, was auf der anderen Seite der schwarzen Felswände lauerte, noch viel mehr. Kommentarlos schloss sie sich Tom an, als er sich auf den Rückweg machte. Ihre Hand strich unbewusst weiter über den Anhänger. Sonderbarerweise hatte er sich nicht abgekühlt, sondern schien eher noch wärmer geworden zu sein.

Tom schlug ein rasantes Tempo vor, gewann auf den letzten Metern sogar noch einen gehörigen Vorsprung – und blieb dann abrupt stehen. Rebekka konnte hören, wie er scharf die Luft zwischen den Zähnen einsog, doch nur einen Herzschlag später fuhr auch sie erschrocken zusammen. Tom hatte die

Treppe wiedergefunden, über die sie hier heraufgekommen waren, aber sie hatte inzwischen einen Bewohner.

Auf der obersten Stufe hockte eine riesige graue Ratte, die ihn drohend anfunkelte. Sie rührte sich nicht von der Stelle, machte jedoch auch keine Anstalten zurückzuweichen, als Tom kampflustig die Schultern straffte und auf sie zutrat.

»Das würde ich nicht tun«, sagte Tanja unbehaglich.

»Wieso?«, fragte Tom. »Glaubst du, ich hätte Angst vor einer einzelnen Ratte?«

»Vor einer einzelnen vielleicht nicht«, antwortete Tanja. Sie leuchtete mit ihrer Taschenlampe an der Ratte vorbei. Die beiden Stufen unmittelbar hinter dem fauchenden Nager waren noch zu erkennen, aber der Rest der Treppe war unter einem grauen Gewusel verschwunden. Doch etwas anderes machte Rebekka beinahe noch mehr Angst: Die Ratten blinzelten zwar ärgerlich in das grelle Licht, wichen allerdings keinen Deut mehr davor zurück. Ihre Geheimwaffe – ihre *einzige* Waffe! – hatte offensichtlich ihre Wirkung verloren.

Tom wich einen Schritt von der Treppe zurück – und stieß ein entsetztes Keuchen aus, als er sich herumdrehte; ebenso wie Rebekka eine Sekunde später.

Auch hinter ihnen waren Ratten aufgetaucht, nicht eine, zehn oder hundert, sondern Tausende! Wohin sie auch blickten, wimmelte und wuselte es, starrten sie schwarze Augen voller Hass und abgrundtiefer Bosheit an, zuckten winzige Ohren und peitschende nackte Schwänze.

»Oh nein!«, wimmerte Samantha. »Das . . . das ist unser Ende!«

»Halt die Klappe!«, sagte Tom barsch. »Wenn sie uns angreifen wollten, hätten sie es längst getan!«

Vielleicht hatte er damit ja sogar recht – aber trotzdem schnürte der Furcht einflößende Anblick Rebekka schier die Kehle zu.

»Wahrscheinlich haben sie uns deshalb die ganze Zeit über in Ruhe gelassen«, sagte Tanja. »Damit wir ganz genau dorthin gehen, wo sie uns haben wollen.«

»Um uns ungestört auffressen zu können, ja.« Samanthas Stimme zitterte vor Angst.

Rebekkas Anhänger war mittlerweile so heiß geworden, dass es fast schmerzte. Sie griff mit der Hand danach – und im gleichen Moment, in dem sie ihn berührte, teilte sich die Rattenarmee vor ihnen, um eine schmale Gasse zu bilden, die schnurgerade zum anderen Ende der gewaltigen Höhle führte.

»Was . . . was passiert denn jetzt?«, stammelte Samantha.

Statt zu antworten, ging Rebekka langsam los. Tom und Tanja blieben dicht hinter ihr, aber die anderen drei zögerten noch – bis eine Ratte aus dem Treppenhaus schoss und nach Samanthas Beinen schnappte. Sie erwischte sie nicht, doch Samantha stieß ein erschrockenes Quieken aus und plötzlich hatten sie und ihr Hofstaat es sehr eilig, sich den anderen anzuschließen.

Langsam marschierten sie durch die lebendige Gasse. Es war ein unheimliches Gefühl, den Blick Tausender und Abertausender Ratten auf sich gerichtet zu fühlen, und Rebekkas Angst stieg. Aus irgendeinem Grund hatten die Ratten beschlossen, ihnen nichts zu tun – aber musste das so bleiben?

Sie durchquerten die gesamte riesige Höhle, bis sie zu einer weiteren Treppe gelangten, die steil in die Tiefe führte. Die einzelnen Stufen waren so hoch, dass sie sie nur mühsam und mit äußerster Vorsicht überwinden konnten. Nach einer Weile weitete sich der Treppenschacht um sie herum und unter ihnen lag jetzt eine neue, noch größere Höhle, die von demselben unheimlichen grauen Licht erfüllt wurde.

Das war aber auch schon alles, was die beiden Höhlen gemeinsam hatten.

Auch unter ihnen bewegten sich Ratten – es mussten *Millionen* sein, so viele, dass es aussah, als wäre der Boden selbst zum Leben erwacht! –, aber die Höhle war zudem vollgestopft mit allem möglichen . . . Krempel. Ein anderes Wort dafür fiel Rebekka nicht ein. Da waren aufgerissene Cornflakes-Packungen, leere Dosen und schmutzige Plastiktüten, Pappkartons und zerrissene Kleidungsstücke, kaputte Transistorradios und Fetzen von Postern, Radkappen und verbeulte Coladosen, leere Pizzakartons und die ausgeschlachteten Gehäuse von Fernsehern, kurz: Rebekka hatte das Gefühl, auf eine gewaltige unterirdische Müllkippe hinabzusehen. Weiter hinten in der Höhle, so weit entfernt, dass es gar nicht mehr richtig zu erkennen war, wuchs das Gerümpel zu einem regelrechten Berg an.

Die Ratten, die Samantha gefolgt waren, trieben sie mit einem unwilligen Fauchen die Treppe hinab.

Das unheimliche Geschehen von vorhin wiederholte sich: Kaum hatten sie den Höhlenboden erreicht, da bildeten die Ratten eine lebende Gasse um sie herum, die direkt zum Fuß des riesigen Müllberges führte. Rebekka wäre gern langsamer geworden (noch lieber wäre sie herumgefahren und davongelaufen, so schnell es nur ging), aber die Ratten ließen das nicht zu, sondern drängten sie im Gegenteil zu immer noch größerer Eile.

Schließlich waren sie am Fuß des gewaltigen Hügels angelangt – er musste sieben, acht Meter hoch sein und bestand aus einem unvorstellbaren Sammelsurium von allen nur erdenklichen Abfällen – und Rebekka blieb stehen. Die Spiegelscherbe war mittlerweile so heiß geworden, dass ihre Berührung auf der empfindlichen Haut ihres Halses wehtat, sodass Rebekka sie in der Hand verbarg. Ihr Herz hämmerte mittlerweile zum Zerspringen. Sie wusste immer noch nicht, warum die Ratten sie hierher gebracht hatten, aber sie spürte, dass es nichts Gutes war.

Ein Teil des riesigen Müllberges begann zu zittern. Etwas wie ein kleiner Erdrutsch entstand, als sich das Gerümpel ringsum über den Boden (und zum Teil über ihre Füße) ergoss, doch sofort huschten von überall her Ratten herbei, die jedes Teil sorgsam an seinen Platz zurücktrugen – und zwar *genau* an den Platz, an dem es vorher gelegen hatte. Was für Rebekka und die anderen wertloser – und zum Großteil sogar ekelerregender – Abfall war, das schien für diese Ratten etwas ganz Besonderes zu sein.

Oben auf dem Müllberg entstand eine raschelnde Bewegung – und Rebekka konnte einen Schrei nicht ganz unterdrücken, als sie den Kopf hob und die doppelt handgroße schwarze Spiegelscherbe sah, die die Spitze der aus Abfall und Schrott zusammengetragenen Pyramide bildete. Die viel kleinere goldfarbene Spiegelscherbe in ihrer Hand wurde so heiß, dass sie ihr fast die Haut verbrannte.

Eine schwarze Spiegelscherbe! Das war ein Splitter des zerbrochenen Spiegels, hinter dem Peer Andermatt gefangen war! Ohne dass sie etwas dagegen tun konnte, machte sie einen weiteren Schritt auf die Abfallpyramide zu und blieb erst stehen, als ihr drei oder vier Ratten gleichzeitig den Weg vertraten und ein drohendes Zischen ausstießen.

Über ihr, direkt neben der Scherbe, erschien eine weitere Ratte und trotz der großen Entfernung erkannte Rebekka sie sofort. Sie war ein wenig größer als die anderen Ratten und in ihren Augen glitzerte eine beunruhigende Intelligenz, die sich mit der angeborenen Bosheit und Heimtücke ihrer Art zu etwas vermischte, das ihr wirklich Angst machte. Es war die Ratte, die sie gebissen und die sie danach noch zweimal wiedergesehen hatte.

Jetzt hast du unseren Schatz gesehen, zischte die Ratte. *Und nun werdet ihr sterben!*

Rebekka riss ungläubig die Augen auf. Die Ratte . . . *sprach* mit ihr? »Du . . . du kannst sprechen?«, murmelte sie.

»Hä?«, machte Tom hinter ihr. »Mit wem redest du da?«

Ihr hättet nicht kommen dürfen, fuhr die Ratte fort. *Ich habe dich gewarnt! Niemand wird unseren Schatz bekommen!*

»Euren . . . Schatz?«, wiederholte Rebekka stockend. Sie verstand nicht, wovon die Ratte sprach. Sie sah hier keinen Schatz. Nur Müll.

Tom, Tanja und die drei anderen verstanden offensichtlich noch viel weniger, was hier vorging, denn sie starrten sie an, als zweifelten sie ernsthaft an ihrem Verstand. Ganz offenbar war sie die Einzige, die die Stimme des Tieres hören konnte. Vielleicht lag das an dem Spiegelsplitter, den sie um den Hals trug, vielleicht auch daran, dass die Ratte sie gebissen hatte; oder auch an beidem. Aber sie spürte die bohrenden Blicke des Tieres und etwas an der Art, auf die das urtümliche Geschöpf sie anfunkelte, machte ihr klar, dass ihr keine Zeit blieb, den anderen ihr sonderbares Verhalten zu erklären.

»Das ist euer Schatz?«, vergewisserte sie sich mit einer entsprechenden Geste.

Niemand wird ihn uns stehlen, sagte die Ratte. *Ihr gehört nicht hierher! Das ist unsere Welt! Wir hassen euch!*

»Aber warum?«, wunderte sich Rebekka. »Wir haben euch nichts getan!«

Ihr tötet, antwortete die Ratte.

»Töten? Wen?«

Uns, fauchte die Ratte. *Viele sind tot! Tausend. Tausend mal tausend.*

»Aber das ... das stimmt nicht!«, verteidigte sich Rebekka. »Wir haben keinen von euch getötet!« Soviel sie wusste, war nicht eine einzige Ratte ernsthaft zu Schaden gekommen, als Biene mit ihrem Besen in die Schlacht gezogen war – und schon gar nicht *getötet* worden!

Viele sind tot, beharrte die Ratte. *Tausend mal tausend mal tausend.*

Das war eine Milliarde, wenn Rebekka richtig rechnete. Im ersten Moment erschreckte sie diese Zahl, aber dann begriff sie, dass dies wohl einfach die Art der Ratte war, *viele* auszudrücken.
Und noch tausendmal mehr von euch werden sterben, wenn ihr hierherkommt, fuhr die Ratte fort. *Niemand darf unseren Schatz stehlen!*
»Aber das ist kein . . .«, begann Rebekka, biss sich auf die Lippen und fing dann neu und hörbar ruhiger an. »Du irrst dich. Das alles hier . . .«, sie wiederholte ihre deutende Geste, ». . . ist für uns nicht von Wert, das musst du mir glauben. Niemand wird kommen, um euch irgendetwas davon wegzunehmen.«
»Sag mal, habe ich jetzt Halluzinationen oder sprichst du tatsächlich mit einer Ratte?«, höhnte Samantha hinter ihr. »Ist die jetzt völlig durchgeknallt?«
»Halt die Klappe«, murmelte Tom. »Aber *sofort!*«
Rebekka hörte nur mit einem Ohr hin. Sosehr sie sich normalerweise über Samantha ärgerte, im Moment hatte sie andere Sorgen. Zum Beispiel die, am Leben zu bleiben . . .
Du lügst, zischelte die Ratte. *Alle wollen unseren Schatz. Deshalb töten sie uns.*
»Aber niemand . . .«, begann Rebekka. Danach verstummte sie, denn sie musste plötzlich an etwas denken, was ihr Biene vor ein paar Tagen erzählt hatte.

»Du hast gesagt, viele von euch wären tot. Wann ist das passiert? Es ist lange her, habe ich recht?«

Wir vergessen nicht, flüsterte die Ratte. *Tausend mal tausend Jahre, aber wir vergessen nicht.*

»Wohl eher zwanzig«, murmelte Rebekka.

»Sag mal – wovon redest du da eigentlich?«, fragte Samantha hämisch. Rebekka hörte, wie Tom scharf die Luft einsog und zu einer wütenden Antwort ansetzte, aber sie drehte sich rasch um und machte eine besänftigende Geste.

»Biene hat mir erzählt, dass es vor zwanzig Jahren schon einmal eine Rattenplage auf Drachenthal gab«, sagte sie. »Damals haben sie auch den Kammerjäger geholt.«

»Blödsinn!«, fauchte Samantha. Niemand nahm von ihr Notiz.

»Und?«, fragte Tanja.

»Sie erinnern sich daran«, sagte Rebekka ernst. »Wahrscheinlich sind damals viele von ihnen umgebracht worden und das haben sie nicht vergessen.«

Tom keuchte. »Und jetzt . . .«

». . . wollen sie sich rächen«, führte Tanja den Satz zu Ende.

»Das ist doch Unsinn!«, ereiferte sich Samantha wieder. Sie tippte sich an die Stirn. »Das ist doch vollkommen plemplem!«

Niemand beachtete sie.

Rebekka drehte sich wieder um und sah zu der Ratte hoch. Ihre Gedanken rasten. Irgendwie hatte Samantha ja sogar recht: Es war schon ziemlich verrückt, dass sie hier stand und mit einer *Ratte* redete – auch wenn das alles andere als eine normale Ratte war ...

»Du ... du irrst dich«, sagte sie stockend. »Niemand muss sterben. Keiner von euch und ... auch keiner von uns.«

Die Ratte schwieg. Sie starrte Rebekka an. Die Spiegelscherbe, neben der sie hockte, schien zu zittern, ohne sich indes wirklich zu bewegen, und für einen Moment wurde der Anhänger in Rebekkas Hand unerträglich heiß. Dennoch schloss sie die Hand nur noch fester darum.

Viele sind tot, beharrte die Ratte. *Tausend mal tausend mal tausend.*

»Aber das ist lange her!«, rief Rebekka aus. »Und ich bin sicher, es ... es war nur ein Missverständnis!«

Du lügst, zischte die Ratte. *Du willst unseren Schatz! Alle wollen unseren Schatz!*

Rebekka spürte, wie mit der Rattenmasse ringsum eine Veränderung vorging. Die Tiere wurden unruhiger, *wilder,* als spürten sie den Zorn ihrer Herrin. Rebekka setzte zu einer verzweifelten Antwort an, aber dann biss sie sich stattdessen nur auf die Unterlippe. Ihre Gedanken rasten. Sie spürte, dass ihre Zeit ablief. Die Geduld der Ratte war nahezu erschöpft. Und das Allerschlimmste war: Die Königin der Ratten ... hatte recht. Rebekka hielt den Anhänger nach wie vor fest umklammert und ihr Blick wanderte unaufhörlich zu der größeren schwarzen Spiegelscherbe hin, neben der die graue Riesenratte saß. Da war etwas, was sie von Peer Andermatt erfahren und wieder vergessen hatte, obwohl es so wichtig war, dass ihrer aller Leben davon abhing und vielleicht nicht nur ihr Leben, sondern auch das vieler anderer Menschen, und dann ...

... erinnerte sie sich wieder.

»Du hast recht«, sagte sie. »Wir sind hier, weil wir etwas suchen.« Ein Teil von ihr schrie ebenso lautlos wie entsetzt auf, denn es war gut möglich, dass sie soeben ihr eigenes Ende besiegelt hatte. Trotzdem löste sie endlich die rechte Hand von ihrem Anhänger und deutete auf die Scherbe, die die Spitze der Abfallpyramide bildete. Das Amulett war mittlerweile so heiß geworden, dass eine hässliche Brandblase auf ihrer Handfläche entstanden war, aber sie bemerkte den brennenden Schmerz kaum. Die nächsten Worte, die sie sprach, würden möglicherweise über Leben und Tod entscheiden.

Die Ratte starrte die goldgefasste Spiegelscherbe an ihrem Hals an. Ihre Augen schienen zu brennen.

»Das da«, sagte Rebekka. »Ich will dieses Glas.«

Warum sollte ich es dir geben?, zischelte die Ratte.

»Weil es damit angefangen hat«, erklärte Rebekka, die plötzlich anfing, alles zu begreifen. »Habe ich recht? Seit es hier ist, habt ihr Menschen wie uns getroffen. Gib es mir und wir werden euer Reich nie wieder betreten!«

Die Ratte schwieg, aber Rebekka konnte spüren, wie es in dem winzigen Gehirn hinter den brennenden roten Augen arbeitete. Auch die anderen Tiere wurden immer nervöser. Wahrscheinlich bedurfte es nur des Zuckens einer Bartspitze der grauen Riesenratte und die gesamte Nagerarmee würde einfach über sie herfallen und sie in Stücke reißen.

Nein, sagte die Ratte schließlich. *Es ist unser Schatz.*

»Ganz im Gegenteil«, widersprach Rebekka. »Es ist sogar gefährlich für euch. Ich bin ganz sicher: Die Scherbe öffnet die Grenze zwischen den Welten und lockt unsereins an.«

Nein, fauchte die Ratte. *Wir töten euch. Niemand weiß dann von unserem Schatz.*

»Nach uns werden andere kommen«, entgegnete Rebekka. »Und dann wieder andere. Ihr tötet uns, wir töten euch und über beide Völker kommt großes Leid. Das muss nicht sein.«

Wir haben viele Krieger, zischte die Ratte. *Tausend mal tausend mal tausend.*

»Das weiß ich«, sagte Rebekka. Irrte sie sich oder klang die Ratte ein ganz kleines bisschen unsicher?

»Und wir fürchten sie. Aber auch wir sind viele. Du bist die Königin deines Volkes. Willst du, dass deine Krieger in einem sinnlosen Krieg sterben?« Sie atmete tief ein und versuchte, ihrer Stimme einen möglichst festen Klang zu verleihen. »Es ist nicht nötig, dass unsere beiden Völker Feinde sind. Nicht wegen etwas, das keinerlei Wert für euch besitzt. Gib mir diese eine Scherbe und ihr werdet uns nie mehr wiedersehen.«

Und unser Schatz?

»Wir wollen ihn nicht«, erklärte Rebekka. »Ihr könnt ihn behalten, aber irgendwann werdet ihr begreifen, dass er nur . . .« Um ein Haar hätte sie *Müll* gesagt, aber sie verbesserte sich im letzten Moment. ». . . für euch von Wert ist.«

»Ich unterbreche euch ja nur ungern«, mischte sich Tanja ein, »aber in ungefähr zwei Stunden fangen sie an, das Gas in den Keller zu pumpen.«

Rebekka brachte sie mit einem drohenden Blick zum Schweigen und sah wieder zu der Ratte hoch. Sekunden vergingen, die zu einer Minute wurden, dann zu noch einer und noch einer und schließlich drehte sich das Geschöpf, das wie eine Ratte aussah, aber etwas anderes und unvorstellbar Fremdartiges war, langsam herum und starrte sein eigenes Bild in der Spiegelscherbe an. Und für einen winzigen Moment glaubte Rebekka, in dem schwarzen Glas ein ganz und gar bizarres Wesen zu sehen, das sich jedem Versuch einer Beschreibung entzog; vielleicht sah sie in diesem Moment die Ratte so, wie sie *wirklich* war. Dann erlosch das Bild, die Ratte drehte sich wieder zu Rebekka um und ihre unheimliche Stimme erklang direkt in ihren Gedanken.

Kein Krieg, sagte sie. *Niemand wird sterben.*

»Dann . . . bekomme ich den Spiegel?«, fragte Rebekka fast ungläubig.

Ihr kommt nicht zurück, zischelte die Ratte. *Tausend mal tausend werden sterben, wenn ihr es tut.*

»Ich verspreche es«, sagte Rebekka. Sie zögerte einen Moment, aber als die Ratte nicht antwortete und auch sonst keinerlei Reaktion zeigte, löste sie sich von ihrem Platz und begann, vorsichtig die Müllpyramide hochzuklettern.

In letzter Sekunde

Ich habe nicht die geringste Ahnung, wo wir sind«, gestand Rebekka. Sie irrten schon wieder seit einer kleinen Ewigkeit durch das unterirdische Labyrinth und Rebekka hatte ein paarmal geglaubt, eine bestimmte Abzweigung, einen Gang oder einen Treppenaufgang wiederzuerkennen, aber es hatte sich jedes Mal als Irrtum herausgestellt.

»Also im Klartext: Wir haben uns verirrt«, sagte Samantha.

»Und wessen Schuld ist das?«, stichelte Tanja.

Samantha zog eine Grimasse. »Also meine ganz bestimmt nicht«, maulte sie.

»Ach, und wer hat die Markierungen . . .«

»Schluss jetzt, ihr beiden«, wies Tom sie scharf zurecht. »Es sei denn, euer Streit hilft uns dabei, hier rauszukommen.«

Tanja zog einen beleidigten Schmollmund und schwieg, aber Samantha musste natürlich das letzte Wort haben und zischte, indem sie auf Rebekka deutete: »Ohne die da wären wir erst gar nicht hier.«

Bevor der Streit endgültig ausufern konnte, fragte Tom: »Wie viel Zeit haben wir noch?«

Tanja kniff die Augen zusammen, um das Ziffernblatt

ihrer Uhr ablesen zu können. »Noch ... noch eine halbe Stunde«, sagte sie dann stockend. »Ungefähr.«
Samantha setzte schon wieder zu einer spitzen Bemerkung an, aber Tom brachte sie mit einem drohenden Blick zum Verstummen und meinte: »Dann sollten wir besser nicht mehr unnötig herumtrödeln.«
In bedrücktem Schweigen setzten sie ihren Weg fort, durch Stollen und Gänge, über Treppen und Simse und durch riesige gewölbte Hallen, die nur von Dunkelheit und Stille erfüllt waren. Sie waren noch nicht weit gekommen, als die Spiegelscherbe in Rebekkas Tasche plötzlich zu zittern begann. Sie tastete erschrocken danach, denn sie befürchtete nichts mehr, als den kostbaren Splitter durch eine unbedachte Bewegung zu zerbrechen. Die Scherbe war jedoch unversehrt.
Aber sie zitterte immer noch.
Verwirrt zog Rebekka die schwarze Scherbe aus der Tasche. Sie war nicht länger schwarz, sondern leuchtete nun in einem gespenstischen grünblauen Licht und für einen ganz kurzen Moment glaubte Rebekka, etwas in der Scherbe zu erkennen; eine Gestalt, die irgendwo tief unter der leuchtenden Oberfläche dastand und ihr zuzuwinken schien.
Die unheimliche Gestalt verschwand, aber die Spiegelscherbe zitterte immer heftiger und schien zugleich, ganz leicht nach links zu ziehen.

»Nach links!« Rebekka verbarg die Spiegelscherbe hastig wieder in der Jackentasche und rief noch einmal und lauter: »Tom! Nach links!«

Im unsicher hin und her hüpfenden Lichtstrahl der einzigen noch hell strahlenden Taschenlampe konnte sie die anderen nur als Schemen erkennen, aber sie sah zumindest, wie Tom stehen blieb und sich verwirrt zu ihr umdrehte. Nach einem Augenblick jedoch ging er weiter und schon in der nächsten Sekunde verschwand der Lichtstrahl in einem Gang, der nach links abzweigte. Rebekka beschleunigte ihre Schritte, um nicht zurückzufallen, und trat als Letzte durch die Tür. Kaum hatte sie das getan, da begann die Spiegelscherbe in ihrer Tasche erneut zu beben. Rebekka zog sie nicht noch einmal hervor, schloss aber wieder die Hand darum und sie konnte spüren, wie die Scherbe diesmal versuchte, sie nach rechts zu leiten.

»Nach rechts!«, rief sie. »Tom, nimm die nächste Tür nach rechts!«

Diesmal zögerte Tom keinen Moment, ihrer Anweisung zu folgen – und so ging es weiter. Rebekka ließ die Hand in der Jackentasche und lauschte konzentriert auf die sanften Bewegungen der Spiegelscherbe. Wenn sie nach rechts zog, nahmen sie die nächste Abzweigung nach rechts, zitterte sie in die entgegengesetzte Richtung, rief sie Tom zu, den nächsten Tunnel nach links zu nehmen, rührte sie sich hingegen gar nicht, liefen sie einfach geradeaus. Bestimmt zehn Minuten lang schritten sie so in scharfem Tempo vorwärts, dann blieb Samantha plötzlich stehen.

Rebekka erreichte die Biegung dicht hinter Tom – und hätte um ein Haar laut aufgeschrien.

Vor ihnen lag der halbrunde Raum, an dessen gegenüberliegendem Ende die Wendeltreppe nach oben begann. Aber er war jetzt nicht mehr leer und dunkel, wie sie ihn in Erinnerung hatte. Auf dem Boden standen zwei batteriebetriebene Scheinwerfer, die die Kammer in nahezu schattenloses grellgelbes Licht tauchten, und auf dem Boden schlängelten sich zwei dicke, gelb und schwarz markierte Schläuche, die in schweren eisernen Ventilen endeten. Zwischen diesen beiden Schläuchen stand eine gelbe, fast halbmeterhohe Pyramide aus Kunststoff, auf der seitlich unübersehbar schwarze Totenköpfe mit darunter gekreuzten schwarzen Knochen aufgemalt waren.

»Was ... was ist denn das?«, ächzte Samantha.

»Das Gas!«, keuchte Tanja panisch. »Das ... das sind die Kammerjäger. Das Gas. *Lauft!*«

Das letzte Wort hatte sie geschrien, aber das wäre wahrscheinlich schon gar nicht mehr nötig gewesen. Rebekka und die anderen starrten die in grellen Warnfarben lackierten Schläuche noch einen Sekun-

denbruchteil lang entsetzt an, aber dann rannten sie los, noch ehe Tanjas Schrei ganz verklungen war.
Die Schläuche begannen, sich zu bewegen, und gerade als Rebekka mit einem Satz über sie hinwegsprang, öffneten sich die Ventile und ein hässliches Zischen erklang.
Wie von Furien gehetzt jagten sie die Treppe hinauf. Rebekka bildete das Schlusslicht, obwohl sie Tanja fast gewaltsam zwingen musste, vor ihr durch die Tür zu laufen, und kurz bevor auch sie die Stufen hinaufzurennen begann, warf sie noch einmal einen Blick zurück in die Kammer. Das Zischen war lauter geworden und die armdicken Schläuche bewegten sich hektisch hin und her wie wütende Schlangen. Aus den Ventilen an ihrem Ende strömte ein träges giftgrünes Gas, das sich in großen Schwaden auf dem Boden auszubreiten begann; lautlos, aber sehr schnell.
Rebekka hatte genug gesehen. Sie fuhr herum und raste hinter den anderen her, so rasch sie konnte.
Trotzdem holte sie sie erst ein, als sie das Ende der Treppe erreicht hatte. Tom und die vier Mädchen standen dicht gedrängt auf den beiden oberen Stufen und Tom versuchte, ebenso verbissen wie erfolglos die Tür mit der Schulter aufzurammen.
»Zur Seite!«, keuchte Rebekka.
Tom wich ihr gehorsam aus, aber Samantha zog eine

Grimasse und sagte: »Das hat keinen Zweck. Sie haben sie von der anderen Seite . . .«

Samantha sprach nicht weiter, sondern riss mit einem ungläubigen Ächzen die Augen auf, als sich Rebekka an ihr vorbeidrängte und die Tür aufschwang, kaum dass sie sie mit den Fingerspitzen berührt hatte.

Rebekka raste weiter, stolperte ein paar Schritte weit in die Halle hinein und wäre um ein Haar gestürzt, hätte Tom sie nicht eingeholt und im letzten Moment aufgefangen. Hinter ihr stürmten Tanja und die anderen durch die Tür und von der gegenüberliegenden Seite der Halle erscholl ein spitzer, geradezu hysterischer Aufschrei.

Rebekka machte sich aus Toms Griff los, drehte sich um und sah Fräulein Bienenstich auf sich zukommen. Allerdings hatte sie im ersten Moment fast Mühe, sie zu erkennen, denn Bienes Gesicht war unter einer altmodischen Gasmaske verborgen, die sie fast wie ein Alien aussehen ließ. Nur einen Schritt hinter ihr kam Anton herangestürmt, der auf die gleiche Weise maskiert war und fast noch komischer aussah, und hinter ihm erblickte Rebekka wiederum zwei Männer in blauen Overalls, die zwar keine Gasmasken trugen, vor Schreck und Entsetzen aber kreidebleich geworden waren.

»Was geht hier vor?« Bienes Stimme drang dumpf und verzerrt unter der Maske hervor. Sie machte noch ein paar Schritte auf sie zu, dann blieb sie stehen, riss sich mit einem Ruck die Gasmaske vom Gesicht und fragte noch einmal: »Was hat das zu bedeuten? Wo kommt ihr . . .?«

Sie brach ab, keuchte und riss ungläubig die Augen auf, als sie die offen stehende Tür bemerkte. »Oh Gott!«, hauchte sie. Dann fuhr sie auf dem Absatz herum und wandte sich mit schriller Stimme an die beiden Männer in den Overalls. *»Das Gas! Drehen Sie das Gas ab! Schnell!«*

Einer der beiden rannte los und machte sich gleich darauf hastig an den Kanistern und Flaschen vor der Kellertür zu schaffen, aber der andere schüttelte nur den Kopf und sagte: »Keine Sorge. Das Gas ist schwerer als Luft. Es kann nicht zu uns heraufkommen und . . .«

»Seien Sie still, Sie Dummkopf!«, unterbrach ihn Biene. »Das ist ja nicht zu fassen! Sie . . . Sie haben mir gesagt, dass dort unten niemand ist! Wissen Sie eigentlich, was hätte passieren können?!«

»Es war auch niemand da!«, verteidigte sich der Kammerjäger trotzig. »Ich weiß nicht, wo diese Kinder plötzlich herkommen!«

»Schweigen Sie!«, giftete Biene. »Gehen Sie und helfen Sie meinetwegen Ihrem Kollegen, aber *gehen Sie mir aus den Augen!«* Sie fuhr herum, stemmte herausfordernd die Fäuste in die Hüften und funkelte Re-

bekka und die anderen an. »Und nun zu euch! Was habt ihr hier zu suchen? Und wie seid ihr in den Keller gekommen?! Raus mit der Sprache!«
Im ersten Moment erntete sie nur betretenes Schweigen, aber schließlich sagte Regina leise: »Samantha. Ich meine: Sie hat . . . den Schlüssel . . .«
»Samantha!« Bienes Kopf ruckte mit einer Bewegung herum, die an die eines Raubvogels erinnerte, der ein Beutetier erspäht hat. »Fräulein vom Thal. Das hätte ich mir ja eigentlich denken können. Doch diesmal bist du eindeutig zu weit gegangen, junge Dame!« Mit lodernden Augen sah sie Samantha, die ihren Blick trotzig erwiderte, noch einen Moment lang Unheil verkündend an, dann aber wandte sie sich zu Rebekka um. Sie schüttelte den Kopf.
»Und du, Rebekka? Ausgerechnet *du* und Samantha? Ich bin enttäuscht, das muss ich schon sagen.« Sie seufzte tief und gab sich dann einen sichtlichen Ruck.
»In mein Büro«, befahl sie. »Sofort!«
Samantha warf Rebekka einen wütenden Blick zu, folgte Fräulein Bienenstich dann aber gehorsam und auch Rebekka und die anderen schlossen sich der Internatsleiterin an. Rebekka sah dem Gespräch mit gemischten Gefühlen entgegen. Es würde ganz bestimmt nicht angenehm werden und wahrscheinlich würde Biene die Gelegenheit nutzen, um wieder eine ihrer berüchtigten Bestrafungsaktionen durchzufüh-

ren – doch Rebekka hätte gleichzeitig am liebsten laut gejubelt. Es war knapp gewesen und ziemlich gefährlich, aber sie wusste nun auch, dass sie auf dem richtigen Weg war.

Ihre Hand glitt in die Jackentasche und schloss sich um die Spiegelscherbe, die sie von der Königin der Ratten bekommen hatte. Sie war überzeugt davon, dass diese merkwürdigen Tiere in Sicherheit waren, jetzt wo die Spiegelscherbe nicht mehr in ihrem Besitz war, die die Verbindung zwischen den Welten aufrechterhalten hatte; damit konnte ihnen auch das Gas nichts mehr anhaben. Aber Rebekka wusste nun ebenfalls, dass Peer Andermatt noch lebte, irgendwo in der Welt jenseits der Spiegel – denn die Gestalt, die sie in der Scherbe gesehen und die ihr den Weg zurück gewiesen hatte, war niemand anderes als der Prinz der Steppenreiter gewesen.